Alfred Haas

Rügensche Sagen und Märchen

Alfred Haas

Rügensche Sagen und Märchen

ISBN/EAN: 9783741105944

Hergestellt in Europa, USA, Kanada, Australien, Japan

Cover: Foto ©Andreas Hilbeck / pixelio.de

Manufactured and distributed by brebook publishing software (www.brebook.com)

Alfred Haas

Rügensche Sagen und Märchen

Rügensche
Sagen und Märchen.

Gesammelt und herausgegeben

von

Dr. R. Haas.

Zweite Auflage.

Stettin.
Johs. Burmeisters Buchhandlung.
1896.

Aus dem Vorwort zur ersten Auflage.

Von jeher ist die Insel Rügen als sagenreiche Insel der Ostsee bekannt. Und nicht mit Unrecht; denn fast noch anziehender und mannigfaltiger als die Reihe landschaftlicher Schönheiten, welche die Natur über die Insel ausgeschüttet hat, ist der Kranz von Sagen, welcher sich um alle Teile des schönen Eilandes schlingt. Es finden sich daher nicht nur in der gesamten, recht umfangreichen Rügenlitteratur zahlreiche Sagen von der Insel verstreut, sondern auch in den beiden pommerschen Sagensammlungen von Temme (die Volkssagen von Pommern und Rügen, Berlin 1840) und Jahn (Volkssagen aus Pommern und Rügen, II. Aufl. Berlin 1890) nehmen die rügenschen Sagen einen breiten Raum ein. Damit ist aber das vorhandene Material noch nicht erschöpft.

Während einer mehrjährigen Sammelthätigkeit auf der Insel und durch möglichst vollständige Heranziehung der einschlägigen Litteratur habe ich so viel neues Material zusammengebracht, daß ich nicht anstehe, dasselbe der Öffentlichkeit zu übergeben.

Den Anspruch auf eine wissenschaftliche Arbeit erhebe ich mit dieser Veröffentlichung nicht; die Zwecke derselben sind vielmehr praktischer Art. Einerseits nämlich hoffe ich, daß es meine rügenschen Landsleute nicht ungerne sehen werben, wenn sie die Sagen ihrer engeren Heimat, mit welchen sie aufgewachsen und groß geworden sind, in einer besonderen Sammlung vereinigt finden und nachlesen können. Andererseits aber dürfte auch vielen auswärtigen Verehrern der Insel Rügen, welche alljährlich zu einem längeren oder kürzeren Aufenthalte dorthin kommen, eine Sammlung des rügenschen Sagenschatzes nicht unwillkommen sein.

Stettin, im Mai 1891.

Vorwort zur zweiten Auflage.

Schneller, als ich hoffen durfte, ist die im Jahre 1891 erschienene erste Auflage meiner Rügenschen Sagen und Märchen vergriffen worden. Während der verflossenen fünf Jahre konnte ich die ursprüngliche Sammlung nicht unerheblich vermehren, zumal da das Interesse für die einheimischen Volksüberlieferungen sich im Laufe der letzten Jahre auf Rügen sichtlich gesteigert hat. Leider aber mußte ich aus buchhändlerischen Rücksichten darauf verzichten, die inzwischen vermehrte Sammlung vollständig zum Abdruck zu bringen; vielmehr mußte ich, um wenigstens eine Anzahl der neugesammelten Sagen mitteilen zu können, durch Fortlassen von Varianten und einigen weniger wichtigen Nummern aus der ersten Auflage den nötigen Raum schaffen. So hat die zweite Auflage zum Teil wesentliche Veränderungen erfahren.

Beim Sammeln des neuen Materials bin ich sowohl von alten, als auch von neuen Freunden unterstützt worden. Unter den ersteren nenne ich wieder Hn. Conrektor Grützmacher in Bergen a. R. und unter den letzteren Hn. Lehrer Pennse in Bussin bei Velgast. Allen treuen Helfern spreche ich auch an dieser Stelle meinen herzlichsten Dank aus.

Stettin, im April 1896.

Dr. A. Haas.

Inhaltsverzeichnis.

I.

Götter und Dämonen.

1.

Die Göttin Hertha auf Rügen.

Die Herthaburg nahe bei Stubbenkammer war in heidnischen Zeiten der Wohnsitz der Göttin Hertha. Diese war den Menschen stets wohlgesinnt und segnete ihre Fluren und Äcker mit Früchten. Wenn aber die Zeit der Ernte da war, dann fuhr die Göttin auf einem mit Kühen bespannten Wagen durch das Land, und überall, wohin sie kam, wurde sie mit Jubel begrüßt. Ein Priester, welcher die Hertha bei ihrem Umzuge begleitete, führte dieselbe, wenn sie sich an dem Anblick der Menschen gesättigt hatte, in ihr Heiligtum zurück. Alsbann badete sich die Göttin in dem benachbarten Herthasee. Die Diener aber, welche hierbei hilfreiche Hand leisteten, wurden sämtlich getötet. Deshalb hat auch niemand genaue Kunde darüber, wie es eigentlich beim Dienste der Hertha zugegangen sei.

Wenn man den Fußsteig benutzt, welcher am Ufer des Herthasees entlang bis hinter den Wall führt, so erblickt man mitten gegen den See einen Einschnitt im Ufer; das soll die Stelle sein, wo der heilige Wagen der Göttin Hertha in den See hinabgestürzt wurde.

Mündlich und Indigena: Streifzüge durch das Rügenland S. 171. — Über den Herthadienst auf Rügen vgl. den Anhang.

2.

Die Herthabuche.

Dicht vor dem Eingange zur Herthaburg steht eine starke, schön gewachsene Buche, einer der stattlichsten Bäume der Stubbnitz. Dieser Baum hat ehemals zum Kulte der Göttin Hertha gehört. Denn aus dem Rauschen der Zweige dieses Baumes sagte der Priester die Zukunft voraus, und auch die Göttin teilte auf diese Weise ihren Willen mit. Darum heißt der Baum bis auf den heutigen Tag die Herthabuche.

Mündlich.

3.

Opferstein bei Herthaburg.

In der Nähe der Herthaburg liegt ein großer Felsblock, welcher im Munde des Volkes der Opferstein heißt. Auf ihm sollen ehemals Menschenopfer dargebracht sein, man weiß aber nicht mehr genau, ob der Hertha oder einer anderen heidnischen Gottheit. Der zu opfernde Mensch wurde mit dem Rücken in die ausgehöhlte Fläche des Steines ge-legt, sobaß sein Kopf über die obere Kante desselben hervor-ragte. Wenn dann der Kopf vom Rumpfe getrennt war, floß das Blut in der an der anderen Seite des Steines befindlichen und noch jetzt sichtbaren Blutrinne ab und wurde in einem ausgehöhlten Steine aufgefangen, welcher sich gleichfalls noch am Fuße des Opfersteines befindet. An der Stelle, wo das Blut von dem Steine abfloß, soll sich niemals Moos ansetzen.

Mündlich. — Über den Stein vgl. Baier: Archäologische Bedeutung der Insel Rügen S. 68.

4.
Die Steinprobe.

In der Stubbnitz, nicht weit vom Herthasee, findet man einen Stein, in welchem man deutlich die Spuren eines großen Fußes und eines ganz kleinen Kinderfußes abgedrückt sieht. Davon erzählt man sich folgendes.

Zur Zeit, als noch der Dienst der Göttin Hertha auf der Insel bestand, war unter den Jungfrauen, die der Göttin zu ihrem Dienste geweiht waren, ein junges und sehr schönes Mädchen. Diese, obgleich sie der Göttin ewige Jungfrauschaft hatte geloben müssen, hatte eine Liebschaft mit einem fremden jungen Ritter, mit dem sie allnächtlich heimliche Zusammenkünfte an den Ufern des heiligen Sees hielt.

Sie hatte ihre Liebe aber nicht so geheim halten können, daß nicht dem Oberpriester der Göttin Kunde davon geworden wäre. Diesem wurde es hinterbracht, daß eine der Jungfrauen strafbare Liebe pflege; nur welche es sei, konnte man ihm nicht sagen.

Der Priester stellte alle Jungfrauen zur Rede; aber keine bekannte, auch die schuldige nicht. Da rief er die Göttin an, daß sie ihm die schuldige durch ein Wunder entdecken möge, und er führte nun sämtliche Jungfrauen in den Wald zu einem großen Opfersteine. Dort befahl er ihnen, daß sie, eine nach der andern, mit nacktem Fuße auf den

Stein treten mußten. Das thaten sie, und als die schuldige den Stein betrat, da offenbarte sich plötlich ihr Vergehen; denn nicht nur ihr eigener Fuß drückte sich in dem harten Steine ab, sondern daneben auch der Fuß eines Kindes. Dies sind die Fußspuren, die man zum ewigen Wahrzeichen noch jetzt in dem Steine steht.

Der Priester soll darauf die Sünderin oben von der Stubbenkammer haben in das Meer stürzen lassen; aber ein Engel hat sie, wie die Leute sagen, in seine Arme genommen und sanft heruntergetragen. Unten hat ihr Geliebter schon auf sie gewartet und sie in seinem Schiffe mit sich genommen in seine ferne Heimat.

Temme: Volkssagen Nr. 276. — Die Sage ist poetisch be= handelt von Enoch Wiesener (nicht von Kosegarten, wie gewöhnlich angegeben wird). Vgl. Sundine 1829 S. 140 ff.

5.

Die Bullerhürn.

An der Nordseite des Wieker Bobbens liegt die durch eine Sandbank begrenzte Inwiek „Bullerhürn" oder „Buller= hüre". Hierher brachte man früher, als die Schiffahrt noch blühte, die Fahrzeuge in Winterlage, und deshalb waren dort große Pfähle eingerammt, an welchen die Schiffe während des Winters vertaut und verankert wurden. In neuerer Zeit ist ein Pfahl nach dem anderen abgewrackt, weil ihn niemand mehr als Hort seines Schiffes pflegte. Mit den stehen gebliebenen Resten pflegt man scherzweise die lückenhafte Zahnreihe im Munde zu vergleichen, indem man sagt: „Bi den'n is ok all Bullerhürn."

Von der Bullerhüre erzählen sich die alten Wittower folgende Sage.

Es war zur Zeit des Götzen Swantewit, der auf Arkona sein Heiligtum hatte, als auf der Stelle der Bullerhüre ein herrlicher Eichen- und Buchenhain stand. Da das Wittower Land arm an Waldungen war, so wurden in diesem einzigen heiligen Haine die dem Swantewit geweihten weißen Stiere gehalten und gepflegt, von denen ihm jedes Jahr der schönste einjährige Stier zum Opfer gebracht wurde.

Die Wartung und Pflege der Stiere hatte eine Jungfrau zu besorgen, die das Gelübbe der Keuschheit hatte ablegen müssen und dafür das Versprechen der Unsterblichkeit empfangen hatte. Viele, viele Jahre waren so dahingegangen; keines gewöhnlichen Menschen Fuß durfte den Hain betreten — so sagte man —; nur wenn in des Jahres längster Nacht der dem Swantewit geweihte weiße Stier von dem Priester nach Arkona geholt wurde, hörte man das Brüllen der Stiere, und ein seltsames Rauschen ging alsdann durch die Kronen der alten Stämme.

Da kam eines Tages nach Wittow ein Jüngling, schön von Antlitz und kräftig von Wuchs; das lange goldige Haar wallte über Nacken und Schultern herab; das helle blaue Auge blickte frei und klar unter der hohen Stirn hervor. Er hörte von der Jungfrau im Haine und von ihrer sagenhaften Schönheit und Keuschheit und beschloß, sie zu sehen. Trotz alles Abmahnens ging er mutig in den Hain und fand die Jungfrau. Sein Herz entbrannte in Liebe zu ihr — und wie sollte die Jungfrau dem minniglichen Werben des schönen blonden Knaben widerstehen? Sie küßten sich, und ein Tosen und Brausen erhob sich in den Wipfeln, die Stiere brüllten mächtig und konnten doch nicht von der Stelle.

Der Jüngling trug die vor Schreck ohnmächtige Jungfrau in seinen Armen aus dem Hain, und kaum hatte er seinen Fuß außerhalb desselben, so versank unter mächtigem Schwanken der ganzen Halbinsel der Hain ins Meer. Die Stelle heißt aber noch heute „die Bullerhüre" d. i. Bullenhürde, Hürde der heiligen Stiere.

Der Jüngling siedelte sich auf der Insel an, und von ihm und der Jungfrau, die bald seine rechtmäßige Gattin wurde, sollen die Edelinge der Wittower Halbinsel abstammen.

Nach E. Rubbarth: Die Bullerhüre, eine Wittower Sage, in der Pom. Volksrundschau I Nr. 31. Vgl. unten Nr. 17.

6.
Swantewits Untergang.

Als die Dänen die Burg Arkona erobert hatten, zerstörten sie auch das Bild des berühmten heidnischen Götzen Swantewit, der hier verehrt wurde. Das kolossale Götzenbild wurde umgehauen und sank krachend zu Boden. In dem Moment aber, als es umsank, entwich der Böse in Gestalt eines schwärzlichen Tieres dem Leibe des Götzen und verschwand plötzlich aus den Augen der Umstehenden. Die spätere Sage fügt hinzu, jenes Tier sei ein Rabe gewesen.

Nach O. Fock: Rüg.-Pom. Gesch. I S. 82 f. — Nach Nernst (Wanderungen durch Rügen S. 276) war das schwärzliche Tier eine Ratte. Nicolaus Mareschalcus Thurius (Dähnert: Pom. Bibl. III S. 282) berichtet im 16. Jahrh. in seiner Chronik der mecklenbg. Regenten, daß „der Teufel ganz schwarz und wilde selbviert ausstob von dem Bilde" des Swantewit. Daß die Gützkower Götzenfliegen (Temme Nr. 26) mit dem Swantewit nichts zu thun haben, glaube ich Am Urquell IV S. 201 f. erwiesen zu haben.

7.

Das Steinbild in der Kirche zu Altenkirchen.

In der Vorhalle der Kirche zu Altenkirchen findet sich ein altes Steinbild eingemauert, auf welchem eine menschliche Figur mit großem Kopfe, kurzem Halse und verkürzten Beinen dargestellt ist. Das soll der alte Götze Swantewit sein, welcher ehemals von den heidnischen Bewohnern der Insel als höchster Gott verehrt wurde. Als die Feste Arkona, die Kultstätte dieses Götzen, zerstört wurde, kam das Götzenbild nach Altenkirchen. Hier aber wurde die erste christliche Kirche auf Rügen von Bischof Absalon, wie man erzählt, aus dem Holze der von den Dänen vor Arkona errichteten Belagerungs=werke erbaut, und man meint, daß sie an derselben Stelle gestanden habe, wo die jetzige Kirche steht. Das Steinbild aber wurde in liegender Stellung eingemauert zum Zeichen dafür, daß es mit der Herrschaft des Götzen ein Ende habe.

Im Scherze pflegt man von dem Steinbilde zu sagen, es drehe sich allemal um, wenn es einen Hahn krähen höre.

Mündlich aus Altenkirchen. — Nernst S. 165. — Kugler: Pom. Kunstgeschichte S. 10 f. — Weigel im Archiv für Anthro=pologie XXI.

8.

Die Jaromarsburg.

An der Nordspitze der Halbinsel Wittow, in der Nähe des Leuchtturmes zu Arkona, liegt, weithin sichtbar, die alte Wendenburg, in welcher einst das Heiligtum Swantewits stand und welche jetzt meist Jaromarsburg genannt wird. Der Wallrücken liegt jetzt kahl und öde da und enthält nichts als eine dürftige Weide. In früheren Jahrhunderten aber

war der ganze Burgwall mit einem stolzen Buchenwalde
bedeckt, und dieser erstreckte sich bis dicht an den Rand des
Ufers. In der halben Höhe des Ufers erblickt man vom
Strande aus in der Kreidewand einen tiefen Spalt, in dem
hat ein Adlerpaar viele Jahre hindurch gehorstet.

Mündlich aus Breege und Arkona.

9.

Opferstein bei Quoltitz.

In der Nähe von Quoltitz bei Sagard breitet sich ein
kleines Thal aus, in dessen Mitte ein einzelner grauer Stein
liegt, welcher für einen Opferstein ausgegeben wird. Derselbe
hat eine länglich runde Form, ist am Nordende zugespitzt
und oben ziemlich glatt abgeplattet. Quer über die obere
Platte läuft eine Furche oder Rille, durch welche das Blut
des Opfertieres abgeleitet wurde. Unter derselben befinden
sich fünf ziemlich runde Vertiefungen, in welche, wie die
Leute sagen, der Opferpriester die Blutgrapen oder Opfer-
schalen gesetzt hat.

Grümbke: Darstellungen II S. 234 f. — Vgl. Baier S. 67.

10.

Der Roggenwolf.

Wenn das Korn reif ist zum Mähen und die Schnitter
daran gehen, in einen Schlag „einzuhauen", müssen sie sich
vor dem „Roggenwulf" in acht nehmen. Denn der spielt
ihnen allerlei Schabernack, und besonders gerne verzehrt er
ihnen ihr Frühstücks- oder Vesperbrot, welches sie während
ihrer Arbeit sicher geborgen glaubten. Erst wenn der ganze

Schlag abgemäht ist, räumt der „Roggenwulf" das Feld; wo er dann aber bleibt, das weiß niemand anzugeben.

Der „Roggenwulf" ist außerordentlich gefräßig, und diese seine Sucht ist sogar sprichwörtlich geworden. Denn man pflegt von jemand, „de recht niedsch ett" (neidisch, d. i. gierig ißt), zu sagen: „He frett as'n Roggenwulf". Ebenso heißt es von jemand, der „lur' Hals' weent" (lauten Halses d. i. heftig weint): „He brüllt as'n Roggenwulf."

Mülnblich.

11.
Pest eingepflockt.

Ein Mann sah einmal die Pest, „wie einen Knäuel blauen Dunst" hinein in ein Loch im Pfosten eines Thorwegs fliegen. Sogleich nahm er einen Pflock und schlug ihn in die Höhlung. Als er nun nach Jahren wieder an den Pfosten herantrat, sagte er: „Ich sperrte dort einmal einen Vogel hinein; ich möchte doch wissen, ob er noch darinnen ist," und zog den Pflock aus dem Loche. Da fuhr die Pest heraus, ihm gerade in den Mund, so daß er auf der Stelle tot zur Erde stürzte.

Jahn Nr. 47. — Vgl. Knoop und Haas: Blätter für Pom. Volkskunde IV S. 49 ff.

Der wilde Jäger.

12.

Der wilde Jäger auf Rügen.

Vor langen, langen Zeiten war ein großer Fürst im Sachsenlande, der viele Burgen und Schlösser und Dörfer und Forsten hatte. Er liebte von allen Dingen in der Welt am meisten die Jagd und lebte mehr in den wilden Wäldern, als auf seinen Schlössern und war überhaupt eines jähen und wütigen Gemütes und ein rechter Zwingherr. Dieser Fürst hat, als er noch lebte, das begangen, was einem keiner glauben will und was jeder für eine Fabel erklärt aus der allerältesten und allergrausendsten Heidenzeit.

Ein Hirtenknabe hatte in seinem Walde einen jungen Baum abgeschält und sich aus der abgeschälten Rinde eine Schalmei gemacht. Diesem armen unschuldigen Knaben hat der Unhold den Leib aufgeschnitten und das Ende des Gebärms um einen Baum gebunden, und nun hat er den Knaben solange um den Baum treiben lassen, bis das Gebärm aus dem Leibe gewunden und der Knabe tot hingefallen war, und dazu hat er gerufen: „Das ist die Schalmei, worauf du blasen sollst; das hast du für dein Pfeifen."

Einen Bauern, welcher auf einen Hirsch schoß, der ihm sein Korn abweidete, hat er ohne alle Barmherzigkeit lebendig auf den Hirsch festschmieden und das wilde Tier so mit ihm in den Wald laufen lassen. Da ist das geängstete Tier mit dem armen Mann so lange gelaufen und hat ihm Leib und Haupt und Schenkel an den Bäumen und Sträuchern so lange jämmerlich zerquetscht und zerrissen, bis zuerst der Bauer tot war, dann auch der Hirsch hinstürzte.

Für solche greulichen Thaten hat der ungeheure Mann endlich auch seinen verdienten Lohn bekommen. Er hat sich auf der Jagd mit seinem Pferde den Hals gebrochen, welches durchgegangen und so gewaltig gegen eine Buche gerannt ist, daß es den Augenblick tot hinfiel, dem Reiter aber an dem Baum das Gehirn in tausend Stücke zerstob. Und das ist nun seine Strafe nach dem Tode, daß er auch noch im Grabe keine Ruhe hat, sondern die ganze Nacht umher= schweifen und wie ein wildes Ungeheuer jagen muß. Dies geschieht jede Nacht Winter und Sommer von Mitternacht bis eine Stunde vor Sonnenaufgang, und dann hören die Leute ihn oft Wod! Wod! Hoho! Hallo! Hallo! schreien; sein gewöhnlicher Ruf ist aber Wod! Wod! und davon wird er selbst an manchen Orten der Wode genannt.

Der Wode sieht fürchterlich aus, und fürchterlich ist auch sein Aufzug und sein Gefolg. Sein Pferd ist ein schneeweißer Schimmel oder ein feuerflammiges Roß, aus dessen brausenden Nüstern Funken sprühen. Darauf sitzt er, ein langer hagerer Mann in eiserner Rüstung, Zorn und Grimm funkeln seine Augen, und Feuer fliegt aus seinem Angesicht; sein Leib ist vornüber gebeugt, weil es immer im hallenden sausenden Galopp geht; seine Rechte schwingt eine lange Peitsche, mit welcher er knallt und sein Wild aufjagt ober auch auf das verfolgte haut. Wütende Hunde ohne Zahl umschwärmen ihn und machen ein fürchterliches Getose und Geheul; er aber ruft von Zeit zu Zeit drein: Wob! Wob! Hollo! Hallo! Halt den Mittelweg! Halt den Mittelweg!

Seine Fahrt geht meistens durch wilde Wälder und öde Heiden, denn in der Mitte der ordentlichen Straßen und Wege darf er nicht reiten. Trifft er zufällig auf einen Kreuzweg, so stürzt er mit Pferd und Mann und Maus fürchterlich über Kopf und rafft sich weit jenseits erst wieder auf; doch auch die, welche er jagt, dürfen diesem Kreuzwege nicht zu nahe kommen.

Und was für Wildbret jagt er? Unter den Tieren alles diebische und räuberische Gesindel, welches zur Nacht= zeit auf Mord und Beute schleicht, Wölfe, Füchse, Luchse, Katzen, Marder, Iltisse, Ratten, Mäuse und von Menschen Mörder, Diebe, Räuber, Hexen und Hexenmeister und alles, was von dunklen und nächtlichen Künsten lebt. So muß dieser Bösewicht, der im Leben so viel Unglück anrichtete, es gewissermaßen im Tode wieder gut machen. Er hält, was die Leute sagen, die Straße rein; denn wehe dem, welchen er bei nächtlicher Weile auf verbotenen Schleichwegen oder im Felde und Walbe antrifft und der nicht ein gutes Gewissen hat! Wie mancher muß wohl zittern, wenn er sein Hoho! Hallo! Halt den Mittelweg! Halt den Mittel= weg! hört. Denn gewöhnlich jagt er, was er vor seine Peitsche kriegt, so lange, bis es die Zunge aus dem Halse steckt und tot hinfällt.

Am strengsten ist der wilde Jäger gegen die Hexen und Hexenmeister; diesen ist, wenn er sie einmal in seiner Jagd hat, der Tod das gewisseste, falls sie nicht etwa eine Alf=

ranke ober eine Herenschlinge finden, wo sie burchschlüpfen mögen, benn bann sind sie für bas Mal frei.

Alfranke ist ein kleiner Strauch, ber im Walbe steht unb im ersten Frühlinge grünt unb sich gern um anbere Bäume schlingt unb rankt unb babei oft eine Schlinge mit einer Oeffnung macht, woburch etwas schlüpfen kann. Ebenso wachsen einzelne Zweige von Bäumen oft so wunbersam zusammen, baß sie ein runbes Loch, einer Schlinge gleich, bilben, oft weit genug, baß ein Ochs burchschlüpfen könnte; wie viel leichter ein Mensch! Das nennt man eine Heren-schlinge ober einen Herenschlupf; benn wann sie in ber Not ein solches treffen unb bort hinburchschlüpfen, barf niemanb sie anrühren.

Arnbt: Mährchen unb Jugenberinnerungen I S. 401 ff. — Der Name Wobe für ben wilben Jäger ober Nachtjäger ist früher auf Rügen offenbar weit verbreitet gewesen, jetzt ist er jeboch sehr selten geworben. Wenn ich in ber ersten Auflage bekennen mußte, baß ich ben Namen Wobe auf Rügen überhaupt nicht mehr habe entbecken können, so ist bies jetzt bahin zu berichtigen, baß er boch noch an einer Stelle, nämlich in ber Bullerbürn auf Wittow, lokalisirt ist. Damit ist basjenige hinfällig, was W. Schwartz in ben Verh. ber Berl. Ges. f. Anthr. 1891 S. 450 über bie Ver-pflanzung bes Woben von Vorpommern nach Rügen vermutet hat.

13.
Der Nachtjäger auf Rügen.

I.

In früheren Zeiten hat man oftmals ben Nachtjäger sehen unb hören können, wie er zur Nachtzeit mit einem Gefolge von feurigen Hunben, mit Peitschengeknall unb lautem Hallo burch bie Lüfte bahin jagte. Rasenb schnell fuhr ber Jagbzug vorüber; nur wenn ein Kreuzweg kam,

wurde Halt gemacht, denn da hat der Nachtjäger nicht
herüberkommen können.

Alte Leute haben den Nachtjäger oft gesehen und
wissen viel von ihm zu erzählen; in neuerer Zeit aber hat
man nichts mehr von ihm gesehen.

Mitgeteilt von W. Reussner in Samtens.

II.

Der Nachtjäger, auch wilder Jäger genannt, treibt in
gewissen Gegenden allnächtlich sein Unwesen. Von zahl=
reichem Gefolge umgeben, reitet er mit lautem Hallo, mit
Kreischen und Pfeifen, unter Hundegebell, Peitschenknallen
und Pferdegetrappel durch die Lüfte dahin. Dem einsamen
Wanderer ruft er zu:

Hallo! Hallo!
Holl den Middelweg,
Holl den Middelweg!

Doch sieht man den Nachtjäger niemals ganz in der Nähe;
gewöhnlich ist er nur in einiger Entfernung, und dann
auch nur wie in Nebel gehüllt, sichtbar. Wer des Nachts
auf einsamer Landstraße wandert und das Herannahen des
wilden Jägers wahrnimmt, muß sich vor allen Dingen in
acht nehmen, ein Liedchen zu pfeifen. Dadurch wird der
Nachtjäger angelockt und zu dem Glauben gebracht, der
Wanderer wolle an seiner nächtlichen Fahrt teilnehmen.

Ferner muß man sich hüten, die Vorderthür und
Hinterthür des Wohnhauses offen zu lassen. Sonst kommt
der wilde Jäger, fliegt zu der einen Thür hinein und auf
dem entgegengesetzten Ende wieder heraus, und was er
dabei im Fluge erhascht, führt er mit fort. Besonders

gerne nimmt er ungetaufte Kinder mit sich fort, wenn sich solche im Hause befinden; denn das ist seine liebste Beute.

In der Regel treibt der Nachtjäger sein Unwesen auf öden Bergen und in unwegsamen Heiden. So soll er auf den Ralswieker Heidebergen allnächtlich zu treffen sein. Die Bewohner von Prißvitz haben ihn oft genug des Nachts in Gestalt eines Drachen mit langem, feurigen Schweife in der Richtung auf Ralswiek zu dahinjagen sehen.

Mündlich aus Ralow.

14.
Hans Häger, der Nachtjäger.

In dem Waldrevier auf den Dollahner Höhen haust der Nachtjäger. Viele Menschen haben ihn dort, besonders zur Herbstzeit, gehört; gesehen hat ihn aber noch niemand. Der Nachtjäger hieß ursprünglich Hans Häger und soll die Ortschaft Hagen westlich vom Schmachter See gegründet und angelegt haben. Andere beziehen diese Gründungssage auf die unmittelbar vor der Stubbnitz liegende Ortschaft Hagen auf Jasmund und meinen, der Nachtjäger, welcher in der Stubbnitz hause, sei der richtige Hans Häger gewesen.

Mündlich aus Pantow.

15.
Der Nachtjäger in der Garzer Heide.

An einem hellen Mondscheinabend ritt der Ackersmann S. auf der Rückkehr von Bergen nach Garz durch das Carnitzer Holz und die Garzer Heide. Als er an den

Armenbusch gekommen war, sah er plötzlich unter einer Eiche einen stattlichen Reiter auf einem Schimmel halten. Zu gleicher Zeit scheute sein eigenes Pferd und ließ sich nicht von der Stelle bringen, so daß S. gezwungen war, sich den Spuk anzusehen. Der fremde Reiter rührte kein Glied; mit der Hand hielt er eine große Koppel Hunde, die, sowie der Reiter und dessen Schimmel, ihre feurigen Augen stier auf die Garzer Heide gerichtet hatten. Während S. dies alles sah, trat ihm der Schweiß auf die Stirn, und es war ihm, als bewegten sich ihm die Haare auf dem Kopfe. Mit einem Male rief der Schimmelreiter: „Hitz, hatz und hutz!" ließ die Hunde los, und der ganze Zug sauste wie der Sturmwind an ihm vorüber und war seinen Blicken bald entschwunden. S. schöpfte wieder Luft und Mut und setzte seine Reise fort. Aber trotz seiner genauen Kenntnis des Weges und trotz des hellen Mondscheines kam er bald vom rechten Wege ab, und wie er eben gewahr wurde, daß er sich mitten in der weglosen Heide befand, hörte er auch schon wieder das fürchterliche Hatz, Hatz! und das Gekläff der Hunde, und als er sein Gesicht nach der Richtung drehte, von wo er das Geräusch vernahm, sah er zu seinem Schrecken die wilde Jagd gerade auf sich zukommen. Alles Bemühen, mit seinem Pferde eine andere Richtung zu nehmen, war ohne Erfolg, und mit Schrecken sah er den Augenblick nahen, wo die wilde Jagd ihn erreichen würde. Nicht lange währte es, da sauste der ganze Troß an ihm vorüber, und deutlich erkannte er in dem verfolgten Wilde einen nackten Menschen männlichen Geschlechtes von der Größe eines fünf- oder sechsjährigen Knaben. Dieser rannte mit gesträubten Haaren, mit ängstlichen, grausigen Blicken und mit schlackernden Armen, als wenn er diese mit zum

Laufen brauchen wollte, an ihm vorüber, und zwölf große Windhunde mit feurigen Augen und lang aus dem Halse hängender Zunge waren auf seiner Spur und verfolgten ihn samt dem fürchterlichen Reiter. Da das Wild den Hunden viel zu schaffen machte, schlug die Jagd verschiedene Richtungen ein, und endlich ging der Zug auf die Strachtitzer Koppel zu, wo das Wild ergriffen wurde. Von dort hörte S. ein lautes Gewinsel, aber auch zugleich ein Freudengeschrei, welches die Jäger beim Fang ausstießen und welches fast dem Donner glich. Nun sah S. noch, wie sich dort mehrere unheimliche Gestalten zeigten; dann war alles verschwunden; sein Pferd aber jagte, als wenn es mit der Peitsche geschlagen würde, in vollem Galopp davon und hielt erst in Garz wieder an.

Derselbe S. hat den Nachtjäger später noch viermal gesehen, nämlich am Armenbusch, am langen Berge, am Königsberge bei Kniepow und in der Garzer Koppel. Das letzte Mal, als er ihn sah, verfolgte die Meute ein kleines Mädchen mit langen fliegenden Haaren, und S. erkannte mit Grauen in ihr eine damals verstorbene, sehr vornehme Dame.

Nach Sundine 1842 S. 170 f.

16.

Der Schimmelreiter in der großen Wedde.

In der großen Wedde, welche den Spykerschen See mit dem Jasmunder Bobben verbindet, fischten eines Nachts zwei Strickwadenfischer. Als es Mitternacht war, sahen sie plötzlich einen Reiter auf hohem Schimmel durch das Wasser reiten. Er ritt im Schritt und kam gerade auf sie los. Als er ganz nahe war, stampfte das Roß plumps, plumps! mitten durch die Wade hindurch. Die Fischer aber ließen vor Schreck ihr Boot mit der Wade und allen bereits gefangenen Fischen im Stich und entflohen eilends.

Mitgeteilt von Lehrer A. Pennse in Bussin.

17.

De Wôr in der Bullerhürn.

In der Bullerhürn und ihrer Umgebung geht es stark um, und die alten Fischer in den benachbarten Strandbörfern wissen gar manche Geschichte von der Gegend zu erzählen.

Eines Abends zogen zwei Fischer aus, um mit der Strickwade*) in der Bullerhürn zu fischen. Als die Geisterstunde herangenaht war, erblickten sie plötzlich einen britten Mann neben sich, der merkwürdiger Weise seinen Kopf unter dem Arme trug. Er plätscherte dem Zuge des Netzes entgegen und trieb dadurch eine solche Menge Fische in den Sack der Strickwade, daß die Fischer die Flügel der Wade schließen mußten, um diese einzuholen. Dadurch aber schlossen sie auch den kopflosen Fremden mit in das Netz ein, und allmählich wurde der Kreis um denselben immer enger. Nun wurde es aber auch den Fischern immer unheimlicher, und zuletzt sprach einer von ihnen den bekannten Gruß, welchen

---

*) Die Strickwade ist ein Netz aus mittelmäßig dickem, geteertem Strickgarn; in der Mitte desselben befindet sich ein engmaschiger Beutel, „der Sack", an welchem der rechte und linke „Flügel" des Netzes befestigt ist. Das Netz wird von zwei Fischern bedient, von benen der eine im Seeschlag dicht am Laube (in der Seeschöling), der andere etwas weiter entfernt, gestützt auf das mitgeführte Boot, über die seichten Stellen des Wassers watet.

man den Arbeitern zuzurufen pflegt: „Gott help!" Kaum
waren diese Worte gesprochen, so ließ das Gespenst den Kopf
fallen, stürzte sich in den Sack des Netzes und verschwand
mit lautem Krachen. Als die Fischer das schwere Netz völlig
aufs Land zogen, fanden sie in dem Sack einen mächtigen
Stein und ein großes Loch, durch welches das Gespenst
samt den Fischen entwichen war.

Zwei anderen Fischern begegnete derselbe Mann ohne
Kopf; diesmal aber ging er vor dem Netze her, sodaß alle
Fische verscheucht wurden. Da jedoch die Fischer ihr Netz
ruhig weiterzogen und so thaten, als sähen sie das Gespenst
nicht, drehte sich dieses plötzlich um, wendete sich dem Netz
entgegen und sprang zuletzt über dasselbe hinüber, um dann
in dem Wasser zu verschwinden. Als die Fischer das Netz
einzogen, machten sie einen prächtigen Fang.

Ein anderes Mal wurde das Gespenst von einem Fischer
mit folgenden Worten angeredet: „Du olles ahnköpptes
Diert, scheer di in dien Höhl herin!" Hierauf verschwand das Gespenst, worauf die Fischer wieder einen
reichen Zug thaten.

Nach einem alten Aberglauben darf man den Fischern
niemals Glück zu ihrer Arbeit wünschen; darauf soll in
der Regel ein Fehlzug folgen. Als sich daher eines Tages
der Mann ohne Kopf den Fischern näherte und ihnen die
„Tageszeit bot" und viel Glück zum Zuge wünschte, dankten
die Fischer nicht und ließen die Worte unbeachtet. Der
Mann aber setzte sich alsbald in das Boot der Strickwaden-
zieher und suchte es mit den Riemen dahin zu bewegen, wo
nach der Ansicht der Fischer keine Fische sein konnten. Es
entspann sich nun ein kurzer stummer Kampf, in welchem
die Fischer schließlich unterlagen. Als sie aber jetzt den

unheimlichen Gast gewähren ließen, merkten sie bald, daß die Wabe, je länger sie dem Boote folgte, desto schwerer wurde. Als sie das Netz einzogen, wobei das Gespenst plötzlich verschwand, hatten sie eine unendlich große Menge Fische gefangen.

So hat sich der kopflose Fremde noch mehrfach gezeigt, und der eine weiß noch dies, der andere noch jenes Stück von ihm zu erzählen.

Aber nur wenige Leute wissen, wer er eigentlich ist. Ein alter Fischer erzählt hierüber folgendes: Eines Nachts waren die Fischer zum Fange ausgezogen, da erschien „de Wor", ritt durch das Netz und zerriß dasselbe. Dabei sahen die Fischer ganz deutlich einen Jäger, der auf hohem Schimmel ritt, und hörten das Gekläff seiner Hunde. Ein anderes Mal redete „de Wor" die Fischer an mit den Worten: „Rut ut mien Gebiet! Mien is, wat flüggt, wat krüppt, wat swemmt." Ein Fischer erwiderte darauf: „Wi fangen bloß Aal, un be bubbeln,*)" und bewog ihn dadurch zum Abzuge.

Einst ging ein Mann von Wiek nach Gramtitz, und als er in die Gegend der Bullerhürn kam, war es gerade Mitternacht. Da hörte er plötzlich hinter sich den Hufschlag eines Pferdes. Erschreckt stand er still, aber im selben Augenblick war auch der Hufschlag verstummt. Vergeblich versuchte er nun, sich umzudrehen, um zu erforschen, was hinter ihm vorging; eine unsichtbare Gewalt schien ihn daran zu verhindern. Nach einer Weile wurde er vom Fußsteige weggedrängt und auf die Mitte des Weges ge=schoben. Gleichzeitig hörte er zu beiden Seiten donnernde Hufschläge, wie von zahlreichen Pferden; sehen konnte er

---

*) Bubbeln = im Meeresboden wühlen.

jedoch nichts. So ging es eine große Strecke lang weiter, bis der Spuk dicht vor Gramtitz verschwand.

Mitgeteilt von Lehrer A. Pennse in Bussin, welcher zur Erklärung des Wortes „Bullerhürn" folgendes bemerkt. Als ich nach der Bedeutung des Wortes fragte, erhielt ich als Antwort, „hürn" sei gleich „Hörner", und damit seien die eingerammten Pfähle gemeint, welche wie Hörner aus dem Wasser hervorragten. Wenn nun der Wind das angebundene Schiff hin= und herschleuderte, daß es jumpte (schaukelte), so sei das nicht ohne Krachen, Ächzen, Poltern und „Bullern" vor sich gegangen. — Nach einer anderen Überlieferung soll die Bullerhürn früher ein Wald gewesen sein, welcher „Bullerhardt" hieß. Der Wald diente lange Zeit als „Hürde", Umfriedigung oder Schutzwall gegen das Andringen des tosenden, „bullernden" Meeres. Allmählich aber soll der Wald vom Meere verschlungen sein; er versumpfte im Laufe der Jahre, und aus dem schlammigen Boden wuchsen dann große Mengen Rohrkolben empor, welche auch „bullern," wenn der Wind sie gegen einander schlägt, und deshalb „Bullerbeißen" heißen. — Auch erzählt man, daß Claus Störtebecker in der Bullerhürn eine Höhle oder „Hüln" besessen habe, die aber nach seinem Tode nicht wieder gefunden sei; deshalb könne der Seeräuber keine Ruhe im Grabe finden und müsse in der Meeresbucht spuken oder „bullern". Vgl. unten Nr. 182. Alle diese volkstümlichen Deutungen sind hierher gesetzt, um zu zeigen, wie geschäftig die Volksphantasie bei solchen Deutungsversuchen ist. In Wirklichkeit wird der erste Teil des Namens mit dem Heulen, Rauschen oder „Bullern" der See zusammenhängen. Für den zweiten Teil erinnere ich an den Ufervorsprung Königshürn auf Jasmund, an die Bucht Klemmhürn auf Hiddensee, an die Waldung Schellhorn, die Lieperhörn und an die Flurnamen Grot Hürn und Unhürn bei Bergen; alle diese Namen scheinen von dem hornförmig gebogenen Gelände entlehnt zu sein. Daß das hohle Rauschen der See früher als „Bullern" bezeichnet wurde, dafür bringt Pennse folgendes Schlummerlied bei:

Schumm schumm, schumm schumm, Hinsching,
Wur bullert bull de See!
Varring halt uns Finsching,
Em buhn de Hänn' weh.
Uns' Lübbing sall em pusten,
Uns' Lübbing sall em slahn.
Slap in, mien Schriegerracker,
Wenn he will weke gahn.

18.

Ein Müllergeselle ruft den Nachtjäger an.

Auf Rügen lebte einst ein Müllergeselle, welcher den Nachtjäger schon öfters gesehen hatte und sich deshalb nicht vor ihm fürchtete. Eines Nachts sah er ihn wieder anreiten, und übermütig wie er war, rief er ihm seine eigenen Worte zu:

Holl'n Mibbelweg,

Holl'n Mibbelweg!

Der Nachtjäger war so im Zuge, daß er scheinbar an der Mühle vorbeisauste, ohne Notiz von dem Zurufe zu nehmen. Aber nach einer kleinen Weile kehrte er zurück, hielt am Mühlensterz an und warf dem Müller das Bein von einer alten Frau zu — und die alte Frau hatte rote Strümpfe angehabt.

Mündlich aus Neuenkirchen.

19.

Der Nachtjäger zu Mustitz.

Zu Mustitz stand früher eine alte Mühle, welche vor einer Reihe von Jahren niedergerissen ist. In der Nähe dieser Mühle hatte der Nachtjäger so recht eigentlich sein Revier. Eines Nachts sah der Müllergeselle aus der Mühle heraus, und wie der Nachtjäger eben wieder in der Nähe war und nach seinen Hunden flötete, stimmte der Müllergeselle mit ein und flötete in denselben Tönen wie jener.

In der zweiten Nacht geschah dasselbe. Als der Müller aber auch in der dritten Nacht wieder flötete, kehrte der Nacht= jäger plötzlich um und rief ihm zu: „Wenn du hest jagen holpen, kannst du ook spiesen helpen." Bei diesen Worten warf er ihm eine Menschenkeule auf den Mühlensterz.

Mündlich aus Bergen.

III.

Teufel, Drache und Puk.

Der Teufel und die drei Studenten.

Es waren einmal drei Studenten, denen war das Geld ausgegangen. Da riefen sie in ihrer Not den Teufel um Hilfe an. Der Teufel kam und fragte sie, ob sie im Ernste seine Hilfe begehrten. Als sie dies bejaht hatten, gab er ihnen so viel Geld, als sie haben wollten. Dafür mußten sie sich verpflichten, nach drei Jahren ihm anzugehören; ferner durften sie sich während dieser Zeit nicht waschen und sollten kein Wort weiter sagen als: „Wir alle drei, wir thun's ums Geld, und das war gut."

Die Studenten kehrten nun in ein Wirtshaus ein und lebten daselbst in großer Verschwendung und Roheit, sodaß sich kein Mensch getraute, zu ihnen hineinzugehen. Morgens brachte ihnen ein kleines Mädchen Wasser zum Waschen; sie aber warfen dem Mädchen die Schüssel voll Geld und ließen sie wieder gehen. Nun wollten die anderen Mägde auch Wasser bringen, sie wurden jedoch nicht hineingelassen.

Einstmals kehrte ein reicher Kaufmann in dem Wirtshause ein; den erschlug der Wirt. Die That legte er aber ben Studenten zur Last. Diese wurden nun vor Gericht geführt, wo sie nichts weiter sagten als: „Wir alle drei, wir thun's ums Geld, und das war gut." So kam es, daß sie zum Tobe verurteilt wurden. Schon standen sie vor dem Schafott, als ein Reiter auf schwarzem Hengste herangesprengt kam, der schon von weitem winkte. Als er nahe herankam, sagte er, der Wirt wäre der Schuldige. Nun wurde der Wirt aufs Schafott geführt und enthauptet. Die Studenten aber waren frei, da der Teufel an ihrer Statt den Wirt bekommen hatte.

Mündlich aus Bergen.

21.

Aß de Jäger Johnas Em (sc. den Düwel) sehn herr.

Aß de Buren to Krog gahn wir'n, funn sich boa ohk be Jäger Johnas von't Schlott (Schloß) in, un be oll'n Buren frögen Johnassen: „Säg Hei mal, hätt Hei Em ohk all sehn?" — „Ja woll," sär Johnas, „watt wull ick Em noch nich sehn hewwn!" — „Na, wo hätt Hei Em benn sehn?" frogen be Buren. Un nu vertällt be Jäger.

Ick wat Dags upp Jagb west, herr en'n Hasen schat'n un kamm awlings, aß ick to Hus gahn wull, vör't Dörp an b' Dreiling (Drei=Wege=Mal). Aß ick uppsach, süh! boa stund Hei un sär to mi: „Guten Abend, mein lieber Johnas! Wohin, woher?" — „To Dank!" antwurt' ick Em. „Ick bin upp Jagb west un hew enen Hasen schaten; ick will nu to Hus gahn." — „Was hat Er denn ba auf der Schulter hängen?" frog Hei mi. — Ick sär: „Herr, batt iß min Piep." — „Kann man benn aus der Pfeife auch

rauchen?" frog Hei wierd. — „Ja woll", sprok ick. — „Nun,
mein lieber Johnas, dann laß Er mich daraus einmal
rauchen!" sär Hei. Ick gaww Em also den Loop int Muhl
un börr Em unnä ornlich ens Füd. Doa lach be Kierl
langsbal upp'n Rügg'n. Hei waß äwä glieds werrä äwä
Enb un sprok: „Mein lieber Johnas, Sein Tabak ist sehr
stark!" Aß Hei bitt spraken herr, waß Hei weg, un ick
häw Em b'nasten nich werrä sehn.

G. Muhrbeck: Rügänä Dörpgeschichten. — Dies ist eine aus
den fünfziger Jahren stammende, handschriftliche Aufzeichnung,
welche ein Tiermärchen und zwei Schwänke enthält. Das Original
ist mir von Herrn Gymnasialdirektor Dr. Zinzow freundlichst zur
Verfügung gestellt worden. Die Orthographie des Originals ist,
von geringfügigen Änderungen abgesehen, beibehalten worden.

22.

Die Freimaurer.

Die Freimaurer haben mit dem Teufel einen Vertrag
abgeschlossen, nach welchem dieser ihnen Geld verschafft,
damit sie vergnügt leben können. In dem Hause, wo sich
die Freimaurer versammeln, befindet sich ein Sarg, und in
demselben liegt eine Katze; das ist der Teufel. Wer in den
Bund der Freimaurer aufgenommen werden will, muß sich
in den schwarz ausgeschlagenen Sarg legen, welcher alsdann
in eine tiefe Gruft hinabgesenkt wird. Hier muß der Auf=
zunehmende schwören, daß er die Satzungen der Gesellschaft
gewissenhaft beobachten und vor jedermann geheim halten will.

Ein verheirateter Mann kann nur dann Mitglied der
Genossenschaft werden, wenn seine Frau ihre Einwilligung
dazu giebt. Einstmals wollte eine Frau nicht darein willigen,
daß ihr Mann Freimaurer würde. Da befahlen ihr die

Freimaurer, sie solle sich die Bilder in dem roten Saale
ansehen. Sie that es und fand auch das Bild ihres Mannes.
Darauf sagte man ihr, sie solle ihren Mann mit einer
Stecknadel durchstechen. Sie that es; als sie aber nach
Hause kam, fand sie ihren Mann tot im Lehnstuhl sitzend,
seine Schläfe mit einem Nagel durchbohrt.

Mit dem Sterben der Freimaurer hat es auch sonst
seine besondere Bewandtnis. Sie können nämlich nicht im
Bette sterben, sondern nur sitzend oder stehend. Jeder Frei=
maurer kann es dem Genossen von der Stirn ablesen, wann
er sterben muß; ihr Tod aber tritt in der Regel schnell und
plötzlich ein.

Mündlich.

23.

Der Teufel holt einen Knecht, der seine Gestalt angenommen hat.

An einem Weihnachtsabende verkleideten sich sechs Knechte
in Libnitz, um im Dorfe herumzuziehen und die kleinen Kinder
ängstlich zu machen. Einer der Knechte nahm eine trockene
Kuhhaut, an welcher noch die Hörner saßen, um den Leib
und steckte eine Zunderbüchse mit brennendem Zunder in den
Mund; nach dieser Verkleidung sollte man ihn für den Teufel
halten. — Als sie nun durch die Koppel beim Gutshofe
gingen, bemerkten sie plötzlich, daß ihrer sieben waren; es
befand sich einer unter ihnen, den niemand kannte. Kaum
waren sie sich dessen bewußt geworden, so wurden sie von
großer Angst befallen und stoben nach allen Richtungen aus=
einander. Der Knecht in der Kuhhaut, welcher nach dem

Hofe zu lief, merkte, daß der Fremde ihm dicht auf den
Ferſen war; er lief daher, ſo ſchnell ihn ſeine Füße tragen
wollten; als er aber den Gutshof eben erreicht hatte, ſank
er tot nieder. Das war die Strafe dafür, daß er die Ge=
ſtalt des Böſen angenommen hatte.

Mündlich. — Es war eine früher in Neuvorpommern weit
verbreitete Sitte, daß ſich zu Weihnachten eine Anzahl Knechte
verkleidete und im Dorfe herumging oder auch zum Nachbargute
wanderte. Dieſe Leute hießen „Rumpreckers“, ein Wort, welches
entweder aus „Ruprechte“ oder aus „Rumtreckers“ d. i. Herum-
ziehende oder auch durch Vermiſchung der beiden Worte ent=
ſtanden iſt.

24.
Die verſteckten Pferdezäume.

Auf einem rügenſchen Gute war ein Kutſcher, der ſein
Geſchäft außerordentlich gut verſtand. War er mit ſeinem
Herrn zu irgend einer Geſellſchaft gefahren und die Kutſcher
bekamen Ordre anzuſpannen, ſo war er immer der erſte vor
der Thür. Dadurch erregte er natürlich den Neid der anderen
Kutſcher, und eines Tages beſchloſſen dieſelben, ihm einen
Streich zu ſpielen. Das nächſte Mal, als ſie wieder zu=
ſammen waren, verſteckten ſie die Zäume von Johanns Pferden.
Als nun Ordre kam anzuſpannen, vermißte Johann ſogleich
ſeine Zäume. Als er aber die ſchadenfrohen Geſichter der
anderen Kutſcher ſah, merkte er ſogleich, „was die Glocke
geſchlagen hatte.“ Er ſuchte daher nicht erſt lange nach den
Zäumen, ſondern ſchirrte ſeine Pferde ſchnell auf und war,
wie immer, der erſte vor der Thür. Als ſein Herr ein=
geſtiegen war, fuhr er luſtig ohne Zäume nach Hauſe. Als
er ſeine Pferde in den Stall gebracht hatte, riegelte er dieſen
hinter ſich zu und fing an, ſeine Pferde furchtbar mit der

Peitsche zu bearbeiten; diese schienen es jedoch gar nicht zu fühlen.

Am andern Morgen bekam Johann Befehl anzuspannen; da ging er zu seinem Herrn, erzählte ihm den ganzen Vorfall vom vergangenen Abend und bat ihn, noch eine halbe Stunde zu warten, dann würden die Zäume zurückkommen. Damit war der Herr einverstanden; und wirklich, kaum war eine halbe Stunde verflossen, so kam ein junger Kutscher, welcher die Zäume versteckt hatte, atemlos auf den Hof gerannt, beide Zäume auf dem Arm tragend. Schon von weitem bat er unter kläglichem Gewinsel, Johann möge doch aufhören zu schlagen; er habe die ganze Nacht hindurch Schläge bekommen und könne es vor Schmerz nicht mehr aushalten. Es waren nämlich alle die Hiebe, welche die Pferde bekommen hatten, auf den Rücken des Kutschers gefallen. Als Johann seine Zäume wieder hatte, ließ er denn auch Gnade vor Recht gehen und hörte auf zu prügeln.

Mitgeteilt aus Gingst.

25.

Ein Schiffsjunge bewirkt eine schnelle Schiffahrt.

Ein Schiffer war unterwegs auf See. Zu Hause sollte gerade sein jüngstes Söhnchen getauft werden, und weil er nicht dabei sein konnte, so war er recht verdrießlicher Stimmung. Der Junge, welcher mit auf dem Schiffe war, hatte unter der schlechten Laune des Schiffers schwer zu leiden; endlich aber faßte er sich ein Herz und fragte: „Schipper, wat fehlt Di?" Der erwiderte barschen Tones: „Ih, Jung, wat geht Di 't an; du kannst mi jo doch nich

helpen." Der Junge aber sprach: „Dat kem doe doch noch
up an, ob ick nich helpen künn. Irst öwer möt ick weten,
wuran dat dat liggt." Da erzählte der Schiffer, bei ihm
zu Hause sei Kindtaufe, und er könne nicht dabei sein, da
ihm der Wind seit acht Tagen beständig entgegen sei. „Na,
wenn't wiere nicks is," versetzte der Junge, „dat willen wi
woll kriegen!" Alsbald zog er seine Jacke aus und warf
sie über Bord. Kaum aber war das geschehen, so schlug
der Wind plötzlich um und kam dem Schiffe von hinten in die
Segel, daß es ging, wie mit dem Flitzbogen geschossen. Und
das merkwürdigste dabei war, daß alle anderen Schiffe,
welche unterwegs sichtbar wurden, entgegengesetzten Wind
hatten und viel langsamer fuhren, während der Schiffer und
der Junge dahin fuhren, daß ihnen die Haare auf dem
Kopfe nur so wehten. Sie kamen denn auch so rechtzeitig
im Hafen an, daß der Schiffer noch an der Taufe seines
Sohnes teilnehmen konnte. Den Jungen aber entließ er
aus dem Dienste, sobald er an Land gekommen war; denn
er sah wohl ein, daß es bei ihm nicht mit rechten Dingen
zuging.

Mündlich aus Neuenkirchen.

26.
Der Teufel und die Kartenspieler.

In früheren Jahrzehnten war das Kartenspiel eine
weit verbreitete Leidenschaft. Wo eine richtige Spieler=
gesellschaft beisammen war, wurde nicht allein die Nacht
hindurch gespielt, sondern das Spiel wurde oft zwei bis
drei Tage und Nächte hinter einander fortgesetzt. Be=
sonnenere Leute konnten sich diese Spielwut nicht anders er=

klären, als daß sie meinten, der Teufel selbst habe seine
Hand dabei im Spiele; man glaubte, der Gewinner habe
den Teufel unter der Thürschwelle hindurch eingelassen, und
das Spiel könne nun nicht eher sein Ende finden, als bis
der Teufel gebannt sei. Das war aber nicht so leicht, denn
wenn der Teufel auch einmal hinausgedrängt wurde oder
auch freiwillig hinausging, so kam er doch immer wieder
hinein. Und wenn die Spieler nun auch selbst gerne auf=
gehört hätten, so konnten sie es doch nicht, sondern mußten
auch gegen ihren Willen weiter spielen. Vielfach hat man
sich nicht anders zu helfen gewußt, als daß man den Pastor
herbeirief und durch ihn den Teufel bannen ließ.

Mündlich aus Bergen.

27.
Der Teufel als Feuerdrache.

Viele Leute, welche des Nachts im Freien waren, haben
den Feuerdrachen schon gesehen, wie er mit langem Schweife
langsam durch die Lüfte dahin zog. Das ist aber kein
anderer als der Teufel selbst. Wenn man sich gerade unter
dem Drachen befindet und ausruft:

Schmiet dahl;

Hahl mihr!

so wirft er, falls man ein Kreuz auf dem Kopfe hat, einen
Haufen Goldes oder andere Schätze herunter; hat man
aber kein Kreuz auf dem Kopfe, so wird man mit ellem
Schmutze beworfen, der sich im ganzen Leben nicht wieder
abwaschen läßt.

Man erzählt sich auch, manche Leute hätten einen
solchen Feuerdrachen im Hause und ließen sich von diesem

alle die Schätze bringen, welche sie haben wollten. Dafür müssen sich solche Leute aber verpflichten, nach Ablauf einer gewissen Zeit dem Drachen oder Teufel anzugehören.

Einst wollte ein Mann, der sich einen solchen Feuer= drachen hielt, seiner Verpflichtung nicht nachkommen. Da erschien der Teufel, fuhr dem Manne zwischen die Beine und hob ihn auf seinen Schwanz. Sodann rannte er mit ihm gegen eine Mauer und zertrümmerte ihm den Schädel, daß das Gehirn nur so umherspritzte. Die Seele des Mannes aber nahm der Teufel mit.

Mündlich aus Trent.

28.
Drak besorgt die Hauswirtschaft.

Die Bewohner des Dorfes Zirkow haben oft Gelegen= heit, den Drak zu sehen. In feuriger Gestalt und mit zwei feurigen Flügeln versehen, fliegt er über das Dorf dahin und fährt dann regelmäßig in den Schornstein eines Kossäten zu Zirkow hinein, dem er bei der Arbeit zu helfen und die Wirtschaft zu besorgen pflegt.

Der alte Kossät hält seine Stallungen stets geschlossen, und niemand darf hineingehen, um seine Pferde und Kühe zu füttern oder um Korn zu dreschen oder andere Arbeiten zu verrichten. Das alles thut der Drak, und man sagt, daß er es aufs genaueste ausrichte und für seinen Herrn reichlich sorge.

Mitgeteilt von H. Guth. — Vgl. Jahn Nr. 129.

29.
Der Puk.

Wer einen Puk in seinen Diensten hat, braucht nicht
Not zu leiden. Denn derselbe trägt seinem Herrn soviel
Geld zu, als er nur irgend wünscht und braucht. Selten
kommt es vor, daß er seinen Herrn anführt, wenn er ihm
z. B. statt Geld ekelhaften Schmutz bringt. Wenn der Puk
auf Raub ausgeht, so hat er entweder die Gestalt einer
Katze, oder er geht als Feuerbrache zum Schornstein hinaus.
Die Gestalt der Katze zieht er jedoch vor, da die Katze
überall, selbst durch die kleinsten Öffnungen, aus- und ein=
schlüpfen kann. Im Hause sieht man den Puk meist als
kleinen Knaben mit roter Jacke und Mütze.

Einen Puk verschafft man sich dadurch, daß man in
der Neujahrsnacht über sieben Feldgrenzen rückwärts geht,
ohne sich umzusehen und ohne zu sprechen.

Diejenigen, welche sich einen Puk dienstbar gemacht
haben, müssen vor allen Dingen darauf bedacht sein, ihm
genügend Arbeit zu verschaffen; sonst werden sie fortwährend
von ihm geplagt: er sitzt ihnen unsichtbar auf dem Rücken,
prügelt sie und zerrauft ihnen das Haar. Selbst des Nachts
läßt er seinem Herrn keine Ruhe, sondern kommt vor sein
Bett und winselt da wie ein kleiner Hund.

Mündlich.

30.
Puk wird ausgebrütet.

Es war einmal ein armer Mann, der wollte gerne reich
werden. Als er seine Nachbarn fragte, wie er das anzu=
fangen habe, rieten ihm diese, sich einen Puk anzuschaffen,

und das könne er auf folgende Art bewerkstelligen: Er
müsse ein von einer schwarzen Henne um Mitternacht ge-
legtes Ei nehmen und sich mit diesem acht Tage lang an
einer Stelle, wohin weder Sonne noch Mond scheine, ver-
bergen; dann werde aus dem Ei ein Puk hervorkriechen.
Der Mann verschaffte sich nun ein schwarzes Huhn, und
als ihm dasselbe um Mitternacht ein Ei gelegt hatte, begab
er sich mit diesem in den Swiner Wald. Aber schon nach
drei Tagen wurde er von den Hunden eines Jägers auf-
gespürt, und als er zu entfliehen suchte, zerbrach das Ei.

Nach zwei Jahren legte ihm dieselbe Henne wieder um
Mitternacht ein Ei, und mit diesem verfuhr er, wie mit
dem ersten. Und diesmal glückte es besser, denn nach sieben
Tagen kroch aus dem Ei ein kleines Männlein mit einer
Mütze auf dem Kopfe hervor; die Füße des Männleins
waren aber noch nicht ganz entwickelt. Hierüber befragt,
erwiderte der Kleine, er sei erst nach einem Tage vollständig
reif; bis dahin müsse ihn der Mann in seiner Achselhöhle
tragen. Das that der Mann auch, aber der Puk — denn
ein solcher war es — biß ihn so sehr, daß der Mann
seine Arme in die Höhe strecken mußte. Am folgenden
Tage war der Puk völlig ausgewachsen, er forderte jedoch
noch für 3 Tage Nahrung von dem Manne. Da dieser sich
nun aber bloß auf acht Tage mit Lebensmitteln versehen
hatte, so reichte der Vorrat für ihn und den Puk nicht
mehr so lange aus. Als der Puk das merkte, zerkratzte
er dem Manne das ganze Gesicht, worauf dieser weglief.
Der Puk aber ist nicht mehr gesehen worden.

Mündlich aus Bergen. Mitgeteilt durch Conrektor P. Grützmacher.

31.

Puk bekommt am Neujahrsabend Kuchen.

Eine Arbeiterfrau in Bergen hat einen Puk auf dem
Hausboden wohnen. Jeden Neujahrsabend backt sie für
ihre Kinder Kartoffelkuchen; den ersten Kuchen aber, welcher
fertig wird, schickt sie nach dem Boden hinauf für den
Puk, der ihn denn auch regelmäßig bis zum nächsten Morgen
verzehrt hat.

Mündlich aus Bergen. — Auf die Wichtigkeit dieser Sage,
nach welcher der Puk noch im Kult fortlebt, macht W. Schwartz
in den Prot. der Generalverf. des Gesamtvereins zu Schwerin
1890 S. 136 aufmerksam.

32.

Puk hilft beim Weben.

In Woorke lebte eine Weberin, die Frau eines Groß-
knechtes; die hatte immer viel zu weben. Da sie die viele
Arbeit nicht mehr allein beschaffen konnte, so hielt sie sich
einen Puk, der ihr beim Weben fleißig half. Dafür mußte
die Frau ihn aber auch tüchtig füttern. Einige Leute
haben den Puk gesehen, wie er auf dem Weberseile saß
als kleiner Junge in rotem Kleide und mit einer gewöhnlichen Zipfelmütze angethan.

Mündlich.

33.

Der Puk in Bubzow.

Einer der früheren Besitzer des Rittergutes Bubzow
bei Trent soll einen Puk besessen haben. Der trug ihm viel

3*

Geld zu, aber der Besitzer mußte auch thun, was der Puk
von ihm verlangte. Darüber soll er nun bisweilen sehr
ärgerlich gewesen sein, und eines Morgens hörte ein
Mädchen, wie ihr Herr sagte: „Na, is de Düwel all werre
hier?" Viele Leute haben den Puk gesehen, wie er als ein
kleiner Junge mit roter Zipfelmütze und rotem Kleide in
einer Luke stand. Oft erschreckte er die Leute so heftig,
daß dieselben in Ohnmacht fielen.

Mündlich.

34.
Puk will sich nicht revidiren lassen.

Ein Knecht, welcher auf einem größeren Gute diente,
hatte einen Puk. Die Folge davon war, daß seine Pferde
stets in besserem Futterzustande waren, als die Pferde der
übrigen Knechte, obgleich allen dasselbe Futter überwiesen
wurde. Eines Tages begab sich der Gutsherr in den Stall,
um nachzusehen, was die Pferde in der Krippe hätten. Als
er aber an die Pferde des vorerwähnten Knechtes kam, erhielt er plötzlich eine derbe Ohrfeige, daß ihm Hören und
Sehen verging. Das hatte der Puk gethan, weil er sich
nicht revidiren lassen wollte.

Mündlich aus Bergen.

35.
Matthes Pagels.

Bei dem Kirchdorfe Lanken unweit der Granitz wohnte
ein Bauer, namens Matthes Pagels, ein sinniger, fleißiger
Mann, der sehr einsam und still lebte und den die Leute
für sehr reich hielten. Einige munkelten auch, er sei ein

Herenmeister. Pagels war aber kein guter Mensch. Er
bekam Streit mit einem seiner Nachbarn, weil dieser ihn
beschuldigte, er pflüge ihm an einer Seite den Acker ab.
Und der Bauer Pagels that das wirklich, er fluchte aber
und schwur, das ganze Ackerstück gehöre ihm in seiner ganzen
Breite, so weit er gepflügt hatte, und noch zehn Schritte
weiter bis zu der hohen Buche, die oben an dem Rain
stand; und das wolle er durch Eid und Schriften beweisen. Und er hat es bewiesen durch Eid und Urkunden
und ein Papier vorgebracht, wodurch der Acker sein geworden
ist. Die Leute sagen aber, zwei von den kleinen Schwarzen,
die ihm auch das Geld zugetragen, haben das falsche Papier
geschmiedet und in der höllischen Kanzlei des Teufels ge-
schrieben und besiegelt.

Matthes Pagels aber hat schon bei seinem Leben die
Strafe dafür gehabt, daß er weder Rast noch Ruhe hatte.
Jede Nacht um zwölf Uhr mußte er mit aller Gewalt aus
dem Bette und auf dem Ackerstücke rundwandeln und auf
die hohe Buche klettern und dort zwei volle Glockenstunden
aushalten und frieren. Noch sieht man ihn zuweilen da
als einen kleinen Mann im grauen Rocke mit einer weißen
Schlafmütze auf dem Kopfe; gewöhnlich sitzt er aber wie
eine schneeweiße Eule auf dem Baume, sobald die Mitternacht vorbei ist, und schreit ganz jämmerlich. Ein Pferd
ist des Nachts nicht an der Stelle vorbeizubringen. Die
Leute aber sangen vom Matthes Pagels und seiner Buche:

> Pagels mit be witte Müz,
> Wue kolt un hoch is bien Sitz
> Up be hoge Bök
> Un up be kruse Eek
> Un achtern hollen Tuun;
> Wuröm kannst bu nich ruhn?

Dorüm kann ick nich rasten:
Dat Papier liggt in'n Kasten;
Un miene arme Seel
Brennt in de lichte Höll.

Arndt: Mährchen und Jugenberinnerungen I S. 249 ff.

36.

Puk besorgt ein Mittagessen.

Eine Bäuerin, welche einen Puk in ihren Diensten hatte, mochte eines Tages kein Mittagessen kochen. Da erinnerte sie sich, gehört zu haben, daß viele Frauen sich das Mittagsbrot durch ihren Puk besorgen ließen. Das wollte die Bäuerin nun auch einmal versuchen. Sie rief also ihren Puk und sagte zu ihm: „Puk, lak mi Mebbag!" Als der Puk darauf fragte, was für ein Mittagessen sie haben wolle, antwortete sie: „Schwartsuer". Da sprach der Puk: „Kumm un holl de Schöbbel unne'n Schobsteen!" Die Bäuerin that es auch, und alsbald fiel das schönste Schwarzsauer in die Schüssel. Dies stellte die Bäuerin mittags auf den Tisch. Da fragte der Bauer, wo sie das schöne Schwarzsauer herbekommen hätte; sie erwiderte, sie hätte es von einem Schlächter gekauft. Der Mann langte nun zu, aber als er das Schwarzsauer auf den Teller gebracht hatte, waren es lauter Ratten- und Mäuseschwänze.

Mündlich aus Trent.

37.

Puk wird durch Schläge vertrieben.

Auf dem Ralswieker Hofe wohnte ein Mann, welcher einen Puk hatte. Dieser half ihm bei jeder Arbeit, und der

Mann war dadurch allmählich reich und wohlhabend geworden. Aber da der Puk ihn fortwährend wegen neuer Arbeit quälte, so wollte er sich desselben entledigen. Er verließ daher seine Wohnung und verzog nach Sehlen, indem er den Puk in der alten Behausung zu Ralswiek zurückließ. Hier zog ein anderer Katenmann ein, welcher bald Bekanntschaft mit dem Puk machen mußte. Schon nach vier Tagen ließ sich oben auf dem Hausboden ein heftiges Gepolter hören, und als der neue Mieter hinaufstieg, um sich nach der Ursache des Geräusches umzusehen, trat der Puk vor ihn hin und verlangte Arbeit von ihm. Der Mann stellte ihm auch eine Aufgabe; kaum aber war dieselbe ausgeführt, so erschien der Puk von neuem und verlangte andere Arbeit. Da trieb ihn der Mann in eine Ecke und machte Anstalt, ihn durchzuprügeln. Aber der Puk schrie aus vollem Halse und rief dadurch eine Menge Leute herbei, welche ihn immermehr in die Enge trieben und zuletzt zwischen die Thür klemmten. Nun bekam er ganz fürchterliche Prügel, und da er nicht von der Stelle konnte, versprach er zuletzt, nie wieder nach Ralswiek kommen zu wollen. Hierauf kroch er unter der Thürschwelle durch und hat sich in Ralswiek nicht wieder sehen lassen.

Mündlich aus Bergen.

38.

Ein Mädchen tötet ihren Puk.

Auf einem Gutshofe lebte ein Mädchen, das hatte einen Puk, welcher ihr bei jeder Arbeit hilfreiche Dienste leistete. Schon oft hatte er das Mädchen gefragt, wie es heiße; sie hatte es ihm aber niemals sagen wollen, da sie sich vor ihm fürchtete. Als er aber nicht aufhörte, sie mit Fragen zu bestürmen, sagte sie, sie heiße: „Sülstbaun" (b. i. Selbstthun oder Selbstgethan). Einige Zeit später beschloß das Mädchen, den Puk zu töten, da sie desselben überdrüssig war. Sie kochte daher einen Kessel Mehlgrütze und warf den Puk hinein. Der schrie aber so jämmerlich, daß die Leute zusammenkamen und ihn fragten, wer ihn da hineingebracht hätte. Als der Puk nun immerfort rief: „Sülstbaun! Sülstbaun!" gingen die Leute davon und ließen ihn in dem Kessel umkommen.

Mündlich aus Bergen.

IV.

Schatzsagen.

39.
Vergrabene Schätze rücken.

Alle Schätze, welche in der Erde vergraben liegen, rücken mit jedem Jahr einen Hahnenschritt weiter nach Norden. Wenn daher Schätze — wie es ja meist der Fall ist — Jahrhunderte lang in der Erde liegen, bevor sie wieder ans Tageslicht kommen, sind sie meist mehrere hundert Ellen von der Stelle entfernt, wo sie ursprünglich eingegraben sind.

Mündlich aus Bergen.

40.
Aufforderung zum Heben von Schätzen.

In Dubkevitz bei Gingst wohnte einst ein Schäfer, welcher häufig zu fischen pflegte. Als er eines Tages wieder mit Fischen beschäftigt war, hörte er plötzlich eine Stimme, welche ihm befahl, er solle die gefangenen Fische wieder ins Wasser setzen und statt dessen die Schätze heben, welche in dem Teiche verborgen lägen. Der Schäfer erschrak heftig,

nahm den Netzsack mit den Fischen und lief spornstreichs
nach Hause. Als er seiner Frau erzählte, was ihm passirt
war, suchte diese ihm auszureden, daß der Sache irgend=
welche Bedeutung beizulegen wäre; sie meinte, es habe sich
wohl jemand einen Spaß mit ihm erlaubt. Aber etwas
anders verhielt sich die Sache doch wohl. Denn derselbe
Befehl erging später noch zweimal in derselben geheimnis=
vollen Weise an den Schäfer; dieser aber konnte ihm nicht
mehr Folge leisten, denn er hatte inzwischen die Fische be=
reits verzehrt. So hat er sein Glück für immer verscherzt.

Ähnlich ist es einer Frau in Sehlen gegangen. Es war
eine arme Witwe, welche sich mit ihren beiden Kindern
schlecht und recht ernährte. Da bekam sie eines Tages, als
sie im Walde Holz sammelte, Befehl, einen großen Schatz
zu heben. Sie erzählte es den Nachbarn im Dorfe, und
diese redeten ihr eifrigst zu, dem Befehle nachzukommen.
Aber die Frau hatte nicht den Mut dazu, und so unterließ
sie es, obgleich ihr der Befehl später noch einmal wiederholt
wurde.

Mündlich aus Bergen.

41.
Hebung eines Schatzes.

Ein Mann ging eines Abends auf der Landstraße,
welche durch einen Wald führte. Plötzlich sah er in einem
Baume ein helles Licht brennen; er merkte sogleich, daß ein
Schatz an der Stelle vergraben sei, von welchem das Licht
ausgehe; und da er immer gehört hatte, daß man etwas
auf die Flammen werfen müsse, wenn man den Schatz
heben wolle, so warf er seine Axt, die er zufällig bei sich

hatte, in die Flamme. Zugleich aber verbarg er sich hinter
einem anderen Baum; sonst hätte ihn die Axt, die von dem
brennenden Baume abprallte und zurückflog, getroffen. An
der Stelle, wo die Flamme gebrannt hatte, fand der Mann
eine goldene Wiege vor, von welcher er einen Gängel ab=
geworfen hatte. Er nahm die Wiege samt dem Gängel mit
nach Hause und wurde durch den Verkauf derselben ein
steinreicher Mann.

Mündlich aus Bergen. Mitgeteilt durch Conrektor P. Grütz=
macher.

42.
Becher in der Garzer Kirche.

Südlich von der Stadt Garz liegen die Reste des alten
Burgwalles, welcher die ehemalige Feste Charenza umgab.
In diesem Walle befand sich vor undenklichen Zeiten eine
Höhle, in welcher ein Becher aus purem Golde von einem
schwarzen Hunde mit flammenden Augen bewacht wurde.
Niemand konnte den kostbaren Becher von dort heraufholen;
endlich fand sich ein beherzter Mann, der Mut genug hatte,
in die Höhle einzubringen. Trotz des grimmig knurrenden
Ungetüms ging er festen Schrittes auf den hellstrahlenden
Becher los und ergriff ihn mit seiner Rechten. Da fuhr
der Hund auf ihn los, um ihn zu packen und zu zerreißen.
Zum Glück für den Mann hatte der Hund aber einen zu
stürmischen Anlauf genommen und verfehlte sein Ziel. So
gewann der kühne Eindringling Zeit, mit seiner Beute
glücklich zu entkommen. Der Becher wird noch heutigen
Tages in der Kirche zu Garz (Wendorf) aufbewahrt und
gebraucht.

Mündlich aus Dorf Zubar.

43.

Der brennende Schatz zu Nadelitz.

Ein Besitzer von Nabelitz sah eines Nachts um 12 Uhr
vor dem Thorweg seines Gutes ein Feuer glühen. Schnell
weckte er einen seiner Knechte, und nachdem dieser einen
Spaten genommen hatte, fingen sie an, das Feuer auszugraben, denn sie wußten wohl, daß das glühende Feuer
einen in der Erde verborgenen Schatz anzeige, und den
wollten sie heben. Bald erschienen allerlei Gestalten, welche
die beiden zum Sprechen bringen wollten; sie ließen sich
aber nicht dazu verleiten, um nicht das ganze Unternehmen
scheitern zu sehen. Endlich war die Arbeit vollendet, und
eben wollten sie das Feuer herausheben, da schien es plötzlich, als ob der ganze Hof in Flammen stände. Voller
Schrecken rief der Herr aus: „Ach, mien Söhn!" denn sein
Sohn befand sich im Wohnhause. Kaum hatte er diese
Worte gesprochen, da versank das Feuer mit furchtbarer
Wucht in die Erde, so daß ihnen der Schmutz um die
Ohren flog.

Mündlich aus Bergen. Mitgeteilt durch Conrektor P. Grützmacher.

44.

Der Schatz im Silvitzer Steingrab.

Unter dem Steinhügel bei Silvitz, einem der größten
Hünengräber dieser Art auf Rügen, liegt seit uralten
Zeiten ein unermeßlicher Schatz vergraben. Gerade weil der
Schatz so außerordentlich groß ist, sollen so gewaltige Stein-
kolosse an der Stelle aufgetürmt sein. Bis jetzt ist es aber
noch niemand gelungen, den Schatz zu heben. Vor einem

Menschenalter etwa versuchte ein Bauer aus Carow, den
Schatz auszugraben; er fand aber nichts als eine Aschen=
urne und zwei mäßig große Steinbeile. — Ein anderes
Mal versuchten es vier Bauern gemeinschaftlich, den Schatz
zu heben. Da sie bei ihrer Arbeit Stillschweigen beobachteten,
so stießen sie bald auf einen silbernen Sarg. Dieser war
aber so schwer, daß sie ihn nicht mit der Kraft ihrer Arme
aus der Grube heben konnten. Sie verständigten sich daher
durch Zeichen, daß sie Hebel und Stricke anwenden wollten,
und als solche zur Stelle geschafft waren, schien ihre Be=
mühung von Erfolg gekrönt zu sein. Denn schon näherte
sich der Sarg immer mehr der Erdoberfläche, da rief einer
der Bauern seinem Nachbar zu: „Korl, holl fast! Nu kümmt
he." In demselben Augenblick versank der Sarg wieder in
die Tiefe.

Mündlich.

45.

Der dänische Kriegsschatz.

Durch das Gefecht bei Warksow hatte der schwedische
Feldherr Graf Königsmark die verbündeten Dänen und
Brandenburger vollständig besiegt. Die Dänen suchten nach
Wittow zu entkommen, um von hier zu Schiffe weiter zu
fliehen, aber sie wurden von den nachsetzenden Schweden
hart verfolgt. Als sie bis Silenz gekommen waren, waren
die Feinde ihnen so dicht auf den Fersen, daß sie an ein
Entkommen nicht mehr denken konnten. Die flüchtigen
Dänen führten aber einen bedeutenden Kriegsschatz mit sich,
und um denselben nicht in die Hände der Feinde gelangen
zu lassen, versenkten sie ihn in den Teich, welcher hinter dem

Dorfe Silenz hart an der alten Landstraße Bergen-Wittow
liegt. Ob der Schatz aber je wieder ans Tageslicht gekommen ist, davon giebt die Sage keine Kunde.

R. S(chneide)r: Reisegesellschafter durch Rügen S. 230 f.

46.
Die Jungfrau am Waschstein.

I.

Am Fuße des Königsstuhles liegt ein gewaltiger Felsblock, der Waschstein genannt. Auf diesem Steine erscheint
alle sieben Jahre, etwa um Johannis herum, bei Tagesanbruch eine junge zarte verwünschte Prinzessin und wäscht
Kleider und Leinewand in dem Meere. Wer so glücklich
ist, sie anzutreffen, und „Guten Tag, Gott helfe!" zu ihr
sagt, der hat die Jungfrau erlöst, und aus Dankbarkeit
führt sie ihren Befreier zu den in einer Höhle der Ufer-
schlucht verborgenen Schätzen.

R. S(chneide)r: Der Reisegesellschafter durch Rügen S. 91 f.

II.

Vor vielen Jahren sah einmal ein Fischer, wie eine
schöne Jungfrau unten am Waschstein stand und ein blutiges
Tuch ins Meer tauchte, um die Blutflecken daraus zu entfernen; aber ihre Mühe war vergeblich. Da faßte er sich
ein Herz und ruderte näher zu ihr hin und redete sie an
mit den Worten: „Gott helf, schöne Jungfrau! Was machst
du so spät hier noch allein?" Die Jungfrau verschwand
darauf, aber der Fischer war wie von einer Zauberei be-
fangen, so daß er nicht von der Stelle konnte.

Wie nun Mitternacht kam, sah er die Jungfrau wieder; sie trat zwischen den Kreidefelsen hervor auf ihn zu und sprach zu ihm: „Weil du Gott helf zu mir ge= sprochen, so ist dein Glück gemacht; folge mir nach!" Da= mit kehrte sie zwischen die Felsen zurück, und er folgte ihr in eine große weite Höhle, die er vorher noch nie gesehen hatte. Darin lagen unermeßliche Haufen von Silber, Gold, Edelsteinen und Kostbarkeiten aller Art.

Als der Fischer die noch überschaute, hörte er auf ein= mal auf der See Ruderschlag, und als er sich darnach umblickte, sah er ein großes schwarzes Schiff nahen. Aus demselben stiegen an die tausend Männer, alle in dunkler, alter Tracht und alle das Haupt unter dem Arme tragend. Die schritten still und ohne ein Wort zu sprechen in die Höhle hinein und fingen an, in den aufgespeicherten Schätzen zu wühlen und sie zu zählen. Das waren die Geister des geköpften Störtebecker und seiner Genossen; sie kommen jede Nacht so dahin und zählen ihren Raub, ob er noch vor= handen ist.

Nachdem sie lange Zeit in dem Golde herumgewühlt hatten, verschwanden sie alle wieder, und nun füllte die Jungfrau dem Fischer einen Krug mit Gold und Edel= steinen, daß er zeitlebens der Reichtümer genug hatte. Darauf geleitete sie ihn zu seinem Schiffe zurück, und als er sich wieder nach ihr umsah, war sie mit samt der Höhle verschwunden.

Temme Nr. 211. — Die Sage ist poetisch behandelt von A. von Chamisso, E. H. Freyberg (Pom. Sagen in Balladen und Romanzen, Pasewalk 1836, S. 26 ff.) und in der Sundine 1838, S. 321.

47.

Die schwarze Frau in der Stubbenkammer.

I.

In Rügen hat einst eine Fürstin gelebt, die viele Schätze hatte. Sie fürchtete, daß ihr diese geraubt werden möchten, und sie ließ sie daher in dem Kreidefelsen der Stubben=kammer vergraben. Die Gräber aber ließ sie darauf hin=richten, damit sie nicht verraten sollten, wo die Schätze lägen. Dafür muß sie nun noch immer bei denselben in dem Berge Wache halten.

Alle Jahre am Johannistage kommt sie aus dem Innern des Felsens hervor und setzt sich oben auf den Königsstuhl. Dort wartet sie den ganzen Tag, ob keiner kommen will, die Schätze zu heben und sie zu erlösen. Auf welche Weise das aber geschehen kann, weiß man nicht.

II.

In der Stubbenkammer befindet sich eine große tiefe Höhle, die Höhle der schwarzen Frau genannt. Es führt zu derselben ein steiler und schmaler Pfad, der tief in die Felsen hineingeht. In dieser Höhle sitzt eine schwarze Frau. Sie sitzt da schon seit vielen hundert Jahren und ist jetzt auf ewige Zeiten dahin gebannt. Früher bewachte sie einen goldenen Becher, und damals hielt eine weiße Taube oben auf dem Felsen die Wacht. Das ist aber jetzt anders. Denn einstens vor mehr als hundert Jahren kam ein Schiff aus dem Meere; daraus stiegen viele fremde Männer, die fragten, wo die Höhle der schwarzen Frau sei. Und als man sie ihnen gezeigt hatte, begaben sie sich dahin mit einem Misse=thäter, den sie mit sich führten. Dieser war in seiner Heimat zum Tode verurteilt, aber der König hatte ihn begnadigt, wenn er den Becher holen würde, den die schwarze Frau bewachte. Die Männer führten ihn bis auf den Felsenpfad, der zur Höhle geht. Dort lösten sie seine Fesseln, und nun mußte er allein zur Höhle gehen. Er fand sie offen. Die ganze Höhle war voll heißer, heller Flammen, so daß man es vor Hitze nicht darin aushalten konnte. Mitten in diesem Feuer saß unbeweglich die schwarze Frau; sie war ganz in schwarze Kleider gehüllt, und ein schwarzer Schleier hing vor ihrem Gesichte. Neben ihr lag von reinem Golde der Becher, den sie hütete. Der Missethäter schritt zagend, aber doch eilig, um aus diesem Meere von Glut zu entkommen, auf sie zu und langte nach dem Becher. Da bewegte sich die schwarze Frau und sagte mit klagender Stimme zu ihm: „Wähle recht, fremder Mann; wenn du recht wählst, so bin ich auf ewig dein!" Aber der Missethäter sah nichts als den Becher, den ergriff er und lief eiligst damit fort aus der Höhle, denn er verstand die Worte der Frau nicht und dachte nicht daran, daß er sie selbst hätte nehmen und erlösen sollen. Im Zurückkehren hörte er sie schwer und tief hinter sich seufzen, und sie klagte mit trauriger Stimme: „Wehe mir, nun kann mich keiner mehr erlösen!" In dem Augenblicke verschwand auch die weiße Taube oben vom Felsen, und an ihrer Stelle sah man einen schwarzen Raben, der dort jetzt die ewige Wacht hält. Die schwarze Frau jammerte aber in der Höhle so laut, daß alle Männer, als der Missethäter ihnen den Becher übergab, sie deutlich hörten. Sie entsetzten sich darüber und trugen, als wenn sie dadurch die Frau befreien könnten, den Becher in die benachbarte Kirche zu Bobbin, wo er zum ewigen Andenken noch jetzt aufbewahrt wird.

Temme Nr. 210 und 212. — Vgl. Balt. Stub. I S. 338.
— Die Sage ist poetisch behandelt von Freyberg S. 19 ff. und
im lieben Pommerland I S. 253. — Nach einer anderen Fassung
der Sage kam der Becher in die Kirche zu Rappin (Sundine 1842
S. 163 f.).

48.
Die Schätze des Hiddenseer Klosters.

I.

Eins der reichsten Klöster im ganzen Pommerlande war
das Hiddenseer Kloster. Hier waren so viel Schätze auf=
gehäuft, daß die Mönche beim Verlassen der Insel dieselben
nicht alle mit sich nehmen konnten. Eine große Anzahl von
geweihten Kirchengefäßen, prächtigen Gold= und Silbersachen
und anderen Kostbarkeiten mußten sie auf der Insel ver=
graben. In einem Berge, welcher der Aschkloben heißt, soll
eine goldene Wiege und zwölf goldene Apostel vergraben
liegen. Von allem aber, was die Mönche damals zurück=
ließen, nahmen sie ein genaues Verzeichnis auf, welches
heutigen Tages in Rom aufbewahrt wird. Die Geistlichen
in Rom wissen auch noch ganz genau die Stelle, wo der
große Schatz vergraben liegt. — Zu gewissen Zeiten kommen
verkleidete Mönche aus fremden Ländern nach der Insel,
um nachzusehen, ob noch alles beisammen ist.

Mündlich und Sundine 1832 S. 90 f.

II.

Es wird erzehlet, daß vor diesen ein Hiddenseescher
Schiffer nach Hispanien gesegelt, und wie er von einem
unbekannten Mann gefraget worden: Was er für ein Lands=
mann wäre? da hätte er geantwortet: Er hörete auf

Hibbensee in der Insul Rügen zu Hause; worauf der andere versetzet: Er müste wissen, daß an dem Orte, wo vor diesem das Kloster gestanden, grosse Schätze vergraben lägen.

Wackenrober: Altes und neues Rügen S. 346 f.

III.

Die Hibbenseer Mönche sollen ihre Schätze in einem alten Steinhügelgrabe verborgen haben, bevor sie das Kloster räumten und in dem Kloster Roeskild auf Seeland ein Unterkommen fanden. Von hier aus sollen dann zwei Mönche nach Hibbensee zurückgekehrt sein und die Schätze aus dem Hünengrabe hervorgeholt haben, um sie mit nach Dänemark zu nehmen.

(A. Freybourg:) Hibbensee S. 11.

––––––––––

V.

Zwerge.

49.

Die Zwerge auf der Insel Rügen.

In unvordenklichen Zeiten war die ganze Insel Rügen vom Volke der Zwerge bewohnt; als dann aber allmählich die Menschen von dem Lande Besitz nahmen, wanderten die Kleinen aus in ein anderes fremdes Land. Nur eine einzige Familie blieb damals zurück, und von dieser stammt das Volk der noch heutigen Tages auf der Insel wohnenden „Unnerirdschen" ab. Groß ist die Zahl derselben freilich nicht, aber hier und da, besonders unter den alten Hünen= gräbern findet man sie doch bisweilen noch vor. Als einen solchen Ort bezeichnet man die an der Südküste der Insel beim Dorfe Altenkamp gelegenen alten Grabhügel.

Balt. Studien 14,2 S. 123 f.

50.

Die Unterirdischen auf Rügen.

Die Unterirdischen auf Rügen teilten sich ehemals in vier Stämme: die weißen, die grünen, die braunen und die schwarzen. Die weißen Zwerge bildeten den Königsstamm. Sie waren zierlich gebaut, etwas neckisch, sonst aber gute Christen und hausten in den Ralswieker Bergen. Dann kam der Stamm der grünen Zwerge, ein gutmütiges Völkchen, sie waren fast ebenso zierlich gebaut wie die weißen, gleichfalls gute Christen und hielten sich in der Gegend von Zirkow auf. Die Stämme der braunen und schwarzen Zwerge aber führten ihren Namen mit Recht: denn sie waren kleine ungestaltete Figuren mit übergroßen Köpfen, dabei höchst schabernackisch und bösartig; sie hatten keine Religion und suchten die Menschen auf alle Weise zu quälen. Die braunen hausten im Rugard und in einigen anderen Bergen, die schwarzen im Burgwall bei Garz.

Jeder Stamm hatte seinen eigenen König; die weißen hatten dazu einen als Kind geraubten Menschen gewählt. Den weißen aber waren die drei übrigen Stämme unterthänig.

Das Leben der Unterirdischen dauerte viel länger als ein Menschenleben; ein Leben nach dem Tode ward ihnen nur dann zu teil, wenn sie ihr Blut mit dem der Menschen vermischten. Ein solches Glück konnten jedoch nur die beiden ersten Stämme erlangen, und deshalb wurden auch öfter Kinder von ihnen geraubt, in den Bergen erzogen und dann mit Zwergkindern vermählt. Wenn aber die braunen und schwarzen Zwerge Menschenkinder raubten, so geschah das nur, damit sie sich an dem Schmerz der Eltern weideten, oder auch um die geraubten Kinder dem Stamm der weißen als Tribut zu geben.

In späterer Zeit wanderten die beiden vornehmsten Stämme aus und zogen in ein fernes Land; nur einige wenige von ihnen, welche bis dahin zerstreut gewohnt hatten,

blieben auf der Insel zurück, z. B. in der Granitz, auf
Mönchgut und in der Zirkowschen Gegend. Die braunen
und die schwarzen Zwerge aber verlegten zu derselben Zeit
ihren Wohnsitz nach Hiddensee, woselbst noch ein von ihren
Voreltern verlassener alter Bau in den Bergen erhalten war.

Diese beiden Stämme, welche sich einen König aus ihrer
Mitte gewählt hatten, hausten auffallend böse auf Hiddensee.
Sie hatten sich unter dem Wasser einen Weg nach Pommern
gebahnt und wurden der Schrecken und die Plage der dortigen
Bewohner. Bei einem starken Orkan aber, welcher das
Wasser tief in das Land hineintrieb, gingen sie sämtlich zu
Grunde, und seitdem hat man nie wieder etwas von ihnen
gehört.

Sundine 1842, S. 94 ff.

51.

Die schwarzen Zwerge.

Die bösesten und häßlichsten von allen Zwergen sind
die schwarzen. Aber es gibt ein sicheres und gutes Mittel,
um sich gegen die Tücke derselben zu schützen, das ist das
Kräutlein Ohm. Leider weiß niemand anzugeben, wo dieses
Kräutlein wächst. Es soll aber sehr heilsam sein und besonders die kleinen Kinder davor bewahren, daß sie von den
Zwergen gestohlen werden.

Mündlich.

52.

Doktor Faust und die schwarzen Zwerge.

Die schwarzen Zwerge sind nicht nur bösartige und
heimtückische Geschöpfe, sondern auch als schlimme Hexenmeister bekannt. Sie verstehen die Kunst, sich Hexenkappen

zu weben, mit benen sie sich unsichtbar machen und in einem
Hui über Land und Meer fahren können. Einen solchen
Herenmantel haben sie auch dem Doktor Faust gemacht,
womit dieser in einer Sekunde von Straßburg nach Rom
und von Mainz nach Paris gefahren ist. Aber wie ist es
diesem armen Doktor Faust auch ergangen! Er ist mit diesen
schwarzen Künstlern, weil er zu weise werden wollte, ein Schwarzkünstler geworden und endlich zu dem Allerschwärzesten gefahren.

Arndt: Mährchen und Jugenberinnerungen I S. 187.

53.
Die Herren von Schlagenteufel.

In der zweiten Hälfte des vorigen Jahrhunderts wohnte
zu Grabitz und Breesen ein Herr von Schlagenteufel, dessen
Vater früher ein armer Schäfer gewesen, aber unvermutet
zu großem Reichtum gelangt war. Dem jungen Hirten war
es nämlich gelungen, sich eine gute Nacht unter die monb-
scheinlichen Tänze der Unterirdischen einzuschleichen und einem
der kleinen Leute sein unverlierbares Käppchen nebst Glöck-
chen, woran das Glück ihres Daseins geknüpft ist, zu ent-
reißen. Das hatten die Unterirdischen von ihm mit großen
Schätzen wiedergelöst, und dafür kaufte er sich das Gut
Grabitz, welches später in den Besitz des Klosters St. Jürgen
vor Rambin gelangte.

E. M. Arndt: Erinnerungen aus dem äußeren Leben.

54.
Die Rambiner Kirche.

Johann Dietrich aus Rambin, welcher schon viel von
den Zwergen hatte erzählen hören, raubte eines Nachts einem
der kleinen Gesellen seine Mütze und wurde dadurch Herr
des ganzen Volkes der Zwerge. Er fuhr mit ihnen in ihr

Reich hinab und lebte dreizehn Jahre bei ihnen. Dort unten lernte er ein Mädchen kennen, welches die Zwerge tückischer Weise einst von der Erde geraubt hatten, die Elisabeth Krabbin, die Tochter des Rambiner Pastors. Diese wählte Johann Dietrich zu seiner Braut, und als die Zwerge sie nicht gutwillig freigeben wollten, zwang er sie durch eine List dazu. Er hielt ihnen nämlich eine häßliche, stinkende Kröte vor, welche er durch Zufall in einem Steine gefunden hatte. Den Anblick und Geruch dieses Tieres konnten die Unterirdischen nicht ertragen, und sie erklärten sich mit allem einverstanden, was Johann Dietrich von ihnen verlangte. So kehrte er mit seiner Braut und mit unermeßlichen Schätzen an Gold, Silber und Edelsteinen auf die Erde zurück.

In Rambin ließ er sich von dem Vater seiner Braut, welcher noch am Leben war, trauen und kaufte sich dann viele Städte, Dörfer und Güter, sodaß er Herr von beinahe ganz Rügen wurde.

Bei all seinem Reichtum vergaß er aber doch nicht, welch wunderbare Wege Gott ihn geführt hatte, und aus Dankbarkeit gegen den Allmächtigen ließ er an der Stelle, wo sein Geburtshaus stand, von seinem vielen Gelde eine Kirche bauen, welche er überaus reich beschenkte. Das ist die Kirche, welche noch heutigen Tages in Rambin steht.

Die goldenen Becher aber und silbernen Schalen und anderen Kleinodien, welche Johann Dietrich der Kirche einst= mals vermacht hat, sind heutigen Tages nicht mehr vorhanden. Denn als zur Zeit des großen Königs Karolus des Zwölften von Schweden die Russen und Kosacken nach der Insel kamen und überall schlimm hausten, wurde auch die Rambiner Kirche ausgeplündert und aller ihrer Kostbarkeiten beraubt.

Nach Arndt: Mährchen und Jugenderinnerungen I S. 160 ff.

55.

Die Zwerguhr.

Ein Bauer pflügte in der Nähe der sieben Hügel, welche auf der Rothenkirchener Feldmark liegen. So oft er sich einem der Hügel näherte, hörte er eigentümliche Töne, welche ihm wie ein leises Flüstern vorkamen; sehen konnte er jedoch nichts. Als er wieder einmal an einem der Hügel umwenden wollte, bemerkte er an dem Abhange desselben eine ganz kleine Uhr. Er nahm sie auf und steckte sie zu sich.

Die Uhr gehörte aber einem der Zwerge, welcher sie dort verloren hatte. Als dieser seinen Verlust bemerkte, mußte er es sofort dem Obersten der Zwerge melden, welcher ihn für seine Fahrlässigkeit zu drei Jahren Gefängnis verurteilte. Im Gefängnis hörte der Zwerg, daß der Bauer seine Uhr gefunden habe, und sogleich bat er um die Erlaubnis, auf eine Stunde die Oberwelt besuchen zu dürfen. Als ihm das erlaubt war, ging er zu dem Bauer und bat diesen, er möge ihm doch die Uhr zurückgeben. Anfangs weigerte sich der Bauer, aber als der Zwerg nicht abließ zu bitten und ihm sogar eine schöne Belohnung versprach, erhielt er die Uhr zurück.

Am anderen Tage in aller Frühe ging der Bauer auf seinen Acker, um zu pflügen; sowie aber der Pflug die Erde aufwarf, fielen blanke Dukaten in die Furche hinein; dadurch belohnte der Zwerg den gutmütigen Bauer.

Mitgeteilt aus Bergen.

56.

Der weiße Urang.

Der weiße Urang, eine wohlriechende Waldblume, bietet ein vorzügliches Mittel gegen die Unternehmungen bösartiger

Zwerge. Das zeigt folgender Vorfall, welcher sich in Garz zu einer Zeit ereignete, als dort noch die Unterirdischen hausten. Eine Bürgersfrau, welche im Wochenbett lag, ließ jede Nacht drei Lichter bei ihrem neugeborenen, noch nicht getauften Kinde brennen und bemühte sich, den Schlaf für die Nächte abzuwehren. In der ersten Nacht gelang ihr dies auch ganz gut, allein in der darauf folgenden Nacht schlief sie ein. Da kam es ihr im Traume vor, als werde sie gepackt und aus ihrem Bette geschleppt, und als sie erwachte, war es in Wirklichkeit so: sie befand sich im Freien, wurde vom kalten Nachtwinde angeweht und bemerkte, daß sie von mehreren Unterirdischen fortgetragen wurde, die sie wahrscheinlich in ihre verborgenen Wohnungen schleppen wollten. Sie war nun zwar bemüht, sich aus den Händen ihrer Entführer zu befreien, aber alle Anstrengungen blieben lange Zeit vergeblich. Als sie schon im Wall und Holz angekommen waren, hörte sie plötzlich, daß einer der kleinen Gesellen dem anderen zurief: „Böhrt Föten hoch; se hackt hinner witten Urang!" — „Halt," dachte die Wöchnerin da, „sollte das schützen?" und strengte sich noch viel mehr an, die Füße frei zu bekommen, um damit eine dieser Stauden zu berühren. Es gelang, und alsbald ließen die Unterirdischen von ihr ab.

Seit dieser Zeit hat sich der weiße Urang noch oft als Schutzmittel gegen das kleine Volk bewährt. Man pflegte diese Blume mit der Wurzel aus der Erde zu nehmen und das neugeborene Kind damit zu schmücken; so glückte es den Leuten allemal, die Unholde zu verscheuchen.

Nach Sunbine 1842 S. 151. — Unter dem weißen Urang ist entweder weißer Dorant (Achillea Ptarmica L.) oder, was noch wahrscheinlicher ist, Orant (Plantanthera bifolia) zu verstehen. Der Orant, welcher nach Fr. Wessel (Schilderung des kath. Gottesdienstes in Stralsund S. 16) von den Priestern geweiht und aus Aberglauben den Säuglingen in die Wiege gelegt wurde, wird von Zober als Antirrhinum minus L. gedeutet.

57.

Erkenntlichkeit der Zwerge.

In Garz bewohnte vor Jahren ein Mann ein kleines, im Holz gelegenes Häuschen und ernährte sich hier unter recht dürftigen Verhältnissen. Einst, als er noch im Bette lag, trat ein kleines Männchen vor ihn und forderte ihn auf, ihm zu folgen. Der Mann that es und ließ sich von dem Unterirdischen in den Kuhstall führen. Dort öffnete der Kleine eine geheime Thür, die bisher niemand gesehen hatte, und stieg mit dem Manne in die Tiefe. Als sie unten angekommen waren, fand der Mann das Weib des Unterirdischen, im zierlichen Wochenbett liegend, vor. Der Unterirdische aber sprach: „Sieh hier, lieber Mann, meine Frau leidet von der Jauche, die aus deinem Stall läuft; diese leckt ihr, wie du siehst, aufs Bett. Andere den Auslauf, daß die Jauche auf der anderen Seite abfließt; es soll dein Schade nicht sein.“ Der Mann that, um was er gebeten worden war, und bald darauf fand er in seiner Küche viele Kostbarkeiten vor, die ihm die dankbaren Leutchen dorthin gelegt hatten. Seit dieser Zeit wurde er wohlhabend und reich.
Nach Sundine 1842 S. 152.

58.

Eine Frau steht Pate bei den Zwergen.

Eine Frau aus Zirkow ging einst nach dem Dollahner Ufer, um dort Birbeeren (d. s. Blaubeeren) zu pflücken. Nach einer Weile sah sie sich um und entdeckte in ihrer Nähe eine große Schar Zwerge, welche eben dabei waren, einen ganz kleinen Zwerg zu taufen. Einer der Zwerge kam auf die Frau zu und lud sie ein, das Kind aus der Taufe zu heben. Das that die Frau denn auch und erhielt dafür als Belohnung so viele Blaubeeren, als sie nur irgend nach Hause tragen konnte.

Mitgeteilt von H. Guth in Zirkow.

59.

Carl Ewert gewinnt den Zwergen einen Becher ab.

Carl Ewert, ein Schäfer aus Patzig, ritt eines Tages durch die Ralswieker Berge. Ohne etwas zu ahnen, kam er an einen Hügel, auf welchem „die kleine Gesellschaft" eben eine Hochzeit feierte. Da er nun mußte, daß die Unter= irdischen in solchem Falle jedem Vorübergehenden, der sie darum bittet, einen Becher Weins geben mußten, so hielt er an und bat um einen Trunk. Einer der kleinen Leute brachte denn auch einen prachtvollen silbernen Becher, der bis zum Rande mit funkelndem Weine gefüllt war, und reichte ihn Carl Ewert dar. Kaum aber hatte dieser das kostbare Gefäß in der Hand, so schoß es ihm wie ein Blitz durch den Kopf: „Der Becher muß dein werden!" Indem er sich so stellte, als ob er trinke, gab er plötzlich seinem Pferde die Sporen, und dieses rannte in großen Sprüngen von dannen. Die Zwerge waren im ersten Augenblicke so bestürzt, daß sie gar nicht wußten, was sie machen sollten, aber das dauerte nur kurze Zeit; dann befahl der König dem Läufer: „Eile dem Diebe nach und bringe ihn tot oder lebendig zur Stelle!" Der Läufer war zwar auch nur ein kleines Männchen, wie alle anderen Zwerge, ja er hatte sogar nur ein Bein, aber

laufen konnte er ganz furchtbar, und das schnellste Pferd
einzuholen, war für ihn eine Kleinigkeit. Dieser setzte also
dem diebischen Carl Ewert nach und war ihm auch bald dicht
auf den Fersen. Die Zwergschar aber rief mit lauter
Stimme hinterher:

> Vierbeen loop;
> Eenbeen kriegt bi.

So ging es in wildem Laufe durch das Dorf, und schon
glaubte sich Carl Ewert verloren, da sah er plötzlich die
Mauer des Gutshofes vor sich. Er spornte sein Roß aus
Leibeskräften an, und dieses setzte denn auch glücklich über
die Mauer. Dadurch war Carl Ewert mit seiner Beute
geborgen; aber der Läufer war doch so dicht hinter ihm gewesen, daß er seinem Pferde den ganzen Schwanz aus-
gerissen hatte.

Mündlich aus Bergen.

60.
Die Zwerge im Dubberwort.

Als die Riesen auf der Insel Rügen ausgestorben
waren, zogen die Zwerge in das Land, und ein Teil derselben schlug seine Wohnung im Dubberwort bei Sagard
auf. Eines Tages, als die Zwerge im Dubberwort gerade
mit der Herrichtung ihres Mittagmahles beschäftigt waren,
pflügten zwei Knechte von dem Gute Vorwerk auf dem nahen
Acker; so oft diese nun an den Hügel herankamen, drang
ein lieblicher Bratenduft in ihre Nase. Da sprach einer von
den Knechten: „Ach, wenn wir doch auch etwas von diesem
Gerichte haben könnten!" Kaum hatte er das gesagt, so
wurde von unsichtbaren Händen eine Tafel gedeckt und die
schönsten Speisen darauf gesetzt. Die Knechte ließen sich

nicht lange nötigen, sondern aßen und tranken nach Herzens=
luft, bis sie ganz satt waren. Nach beendigtem Mahle
meinte der eine Knecht: „Wir müssen aus Dankbarkeit etwas
auf den Teller legen“; dabei griff er in die Tasche und
legte alles Geld, welches er bei sich hatte (es waren zwar
nur wenige Kupfermünzen), auf seinen Teller. Der andere
Knecht aber war ein schlechter Mensch: er hörte nicht auf
die Worte seines Genossen, sondern beschmutzte seinen Teller
in unflätiger Weise. — Aber die Strafe dafür blieb nicht
aus. Denn während der erste Knecht allmählich ein wohl=
habender Mann wurde, ging es mit dem zweiten immer=
mehr bergab: er mochte sich quälen, so sehr er konnte, es
nützte nichts; schließlich wurde er krank und starb eines
elenden Todes.

Mitgeteilt durch W. Reussner in Samtens. — Nach einer
anderen Fassung der Sage soll der Dubberwort erst von den
Zwergen aufgeschüttet worden sein.

61.

Die Zwerge von Arkona.

Eine alte Frau aus Putgarten berichtet, ihr Großvater
habe oft erzählt, daß einmal ein alter Mann mit einer Frau
unten in Arkona gewesen. Da habe er gesehen, wie lauter
kleine Leute mit schwarzen Mänteln und Kappen sich bei der
alten Frau zu thun gemacht, ihr aufgehockt hätten und dergl.
mehr. Er habe der Alten zugerufen. Die sei aber fast taub ge=
wesen und hätte nichts gehört, und wie er hingekommen, sei
alles verschwunden gewesen.

W. Schwartz in den Verhandl. der Berl. Ges. für Anthrop. ꝛc.
1891 S. 455.

62.

Ein Unterirdiſcher hütet den Schatz im Bakenberge.

Im Bakenberge auf Wittow liegt ein Schatz vergraben, der auf folgende Art zu heben iſt. Man muß an den Grenz= pfahl, welcher auf der Spitze des Berges ſteht, ein vier= ſpänniges Fuhrwerk ſo heranſtellen, daß das Hinterrad ſich neben dem Pfahl befindet; alsdann bezeichnet die Stelle unter den Füßen der Vorderpferde den Ort, wo der Schatz ver= borgen iſt. Der letztere beſteht aus einem kupfernen Keſſel, welcher bis zum Rande mit Geld angefüllt iſt. Um ihn völlig heben zu können, bedarf man aber noch einer Heren= rute. Viele haben bereits verſucht, den Schatz zu heben; aber bisher waren alle Anſtrengungen vergeblich, denn die Herenruten waren jedesmal zu ſchwach, als daß Er — nämlich der Unterirdiſche — den Schatz herausgegeben hätte.

Mitgeteilt aus Gingſt.

63.

Auswanderung der Zwerge von der Inſel Rügen.

Ein Fährmann in Altefähre wurde eines Nachts aus dem Schlafe geweckt, um jemand überzuſetzen. Er war auch ſogleich bereit und machte ſein Boot zur Abfahrt fertig. Alsbald füllte ſich das Boot, ohne daß der Fährmann einen Menſchen bemerkte. Er ruderte aus Leibeskräften und kam glücklich an der gegenüberliegenden Küſte an. So mußte er in der Nacht noch mehrmals hin= und herfahren, um noch mehr ſolch' unſichtbarer Geiſter überzuſetzen. Es waren aber Zwerge, welche der Fährmann hinübergebracht hatte. Als er mit dem letzten Boote drüben gelandet war, ſagte eine feine Stimme zu ihm, er ſolle dort einmal über den Berg

fehen. Der Fährmann that es, und als er hinfah, erblickte
er lauter kleine Zwerge. Da sagte die Stimme wieder zu
ihm, er solle sich den Kahn mit Pferdemift füllen, was er
gleichfalls befolgte. Als er aber mitten auf dem Strome
war, dachte er bei sich, wie die dummen Dinger ihn doch
zum Narren gehalten hätten, und er warf den Pferdemift
ins Wasser. — Als er am anderen Morgen wieder nach
seinem Boote ging, fand er in den Ritzen, wo der Pferde=
mift liegen geblieben war, viele kleine Goldstücke; da ärgerte
er sich, daß er das andere nicht auch behalten hatte.

Mündlich. — In ähnlicher Fassung ist mir diese Sage auch
in Bezug auf die Grahler Fähre berichtet worden, nur mit dem Zu=
satze, daß der Fährmann so lange hin= und herfahren mußte, bis
ihm Halt zugerufen wurde. Am anderen Morgen aber eilte die
Frau des Fährmannes, von Neugierde getrieben, zum Boote und
warf den Pferdedünger bis auf einen geringen Rest ins Wasser.

Riesen.

64.

Die Riesen auf Rügen.

Vor vielen, vielen hundert Jahren war die ganze Insel Rügen von Riesen bewohnt. Sie haben furchtbare Körperkräfte gehabt, und die allergrößten Felsblöcke bewegten sie gleichsam spielend von einer Stelle zur anderen. Das zeigt am besten das Silvitzer Steindenkmal, dessen gewaltige Blöcke von den Riesen auf einander getürmt sind. Die zahlreichen Hünengräber auf Rügen, wie z. B. die von Woorke, Rambin, der Dubberwort und viele andere, sind Grabhügel, welche die Leiber von Riesen decken; deshalb sind sie auch so sehr groß. Auch der „Riesenberg" von Robbin soll eine solche Stelle bezeichnen, wo ehedem eine Riesenleiche bestattet ist.

Mündlich.

65.

Der Riese bei Poseritz.

So twischen elwen un een in de Nacht häd man in ollen Tieden bi Poseritz oft in de hollen Wege eenen Riesen stahn sehn, mit eenen Been up dat eene, mit den annern Been

up bat annre Oewer, un benn hebben se boartwischen börch=
führen müßt, un benn is be Ries' tosamstört, un be Lübe
hebben allerlei Unrat up ben Wagen häb.

K. Dalmer: Dre Rüg. Lööschens S. 16 f.

66.
Der Riesenstein bei Nadelitz.

Bei bem Dorfe Nabelitz, zur Rechten bes Weges,
welcher nach Posewalb führt, liegt ein ungeheurer Stein,
ber Riesenstein geheißen; über ben giebt es folgenbe Sage.

Einst lebte auf Rügen ein furchtbarer Riese, ber hatte
schon mehrmals mit Ärger gesehen, baß bem Christengotte
zu Vilmnitz, eine halbe Meile von Putbus, eine Kirche erbaut
warb, unb ba hatte er bei sich gesprochen: „Laß bie Würmer
ihren Ameisenhaufen nur aufbauen; ben werfe ich nieber,
wenn er fertig ist." Als nun bie Kirche fertig unb ber Turm
aufgeführt war, nahm ber Riese einen gewaltigen Stein,
stellte sich auf bem Putbusser Tannenberge hin unb schleuberte
ihn mit so ungeheurer Gewalt, baß ber Stein wohl eine
Viertelmeile über bie Kirche weg flog unb bei Nabelitz nieber=
fiel, wo er noch biesen Tag liegt.

Andere erzählen, ber Riese habe bei Altefähre ge=
stanben, als er mit bem Steine nach bem Turme warf.

Arnbt: Mährchen unb Jugenberinnerungen I S. 156 f. — Nach
münblicher Überlieferung warf ber Riese anfangs kleinere Steine,
welche bis Lonvitz flogen unb bort nieberfielen; erst zuletzt ergriff
er ben großen Block, welchen er bis Nabelitz schleuberte.

67.
Das Riesengrab bei Mukrahn.

In ber Nähe von Mukrahn auf Jasmund befinbet sich
bas sogenannte Riesengrab, ein uraltes Denkmal, welches

noch ziemlich gut erhalten ist. In diesem Grabe sollen zwei Kinder einer Riesin begraben liegen, welche durch die Unachtsamkeit der Mutter in der nahe gelegenen See ertrunken sind.

Nach Grümbke: Darstellungen II S. 232.

68.

Der Dubberwort.

I.

Eins der merkwürdigsten und größten Hünengräber der Insel Rügen ist der südöstlich von Sagard gelegene Dubberwort, welcher wegen seiner Höhe und seiner freien Lage einen imposanten Ausblick über die ganze Umgegend gewährt. über die Entstehung dieses Grabhügels ist eine Sage in Umlauf, welche sich durch ihr hohes Alter auszeichnet.

Vor undenklichen Zeiten hauste auf Jasmund eine mächtige Riesin, unter deren Botmäßigkeit dieses Ländchen stand und welche sich einem Fürsten von Rügen zur Gemahlin antragen ließ, entweder weil sie Neigung zu ihm hatte oder um durch solche Verbindung ihre Macht zu erweitern. Dieser aber schlug die ungeheure Ehre aus. Erbittert darüber, drohte die Riesin, Gewalt zu gebrauchen, um sich wegen des erlittenen Schimpfes zu rächen. Sie berief ihre Kriegsleute zusammen, und um diese schnell über das schmale Wasser des Jasmunder Bobbens bei der Lietzower Fähre nach Rügen hinüberzubringen, beschloß sie, die Meerenge mit Sand auszufüllen, und legte selbst Hand ans Werk.

Allein schon der erste Versuch lief unglücklich ab. Denn kaum war sie mit der ersten Ladung bis Sagard gekommen, als der Sack oder, wie andere sagen, die Schürze, in welcher sie die Erde trug, zerriß und eine große Masse von Steinen

5*

und Erbe herausfiel, woraus denn der Dubberwort entstanden
ist. Als sie mit dem Reste bei der Lietzower Fähre an-
langte, riß das Loch in der Schürze noch weiter, und die
verschüttete Masse bildete die Sandhügel bei der Fähre.

Die Riesin, welche dies als eine böse Vorbedeutung
ansah, wurde mutlos und gab ihren Plan auf.

Mündlich und nach Grümbke: Darstellungen II S. 238 f. —
Das Wort Dubberwort wird gewöhnlich als „Sandberg" erklärt.
Über das Alter der Sage vgl. Barthold I S. 580 f. — Die
früheste Aufzeichnung der Sage verdanken wir dem Dichter Kose-
garten, welcher in dem ersten Abdruck seines Gedichtes „Die
Ralunken" in Oesterbings Pom. Museum I (1782) S. 135 diese
Sage erwähnt.

II.

Der Dubberwort soll das Grabmal einer Riesin sein,
welches eine andere Riesin ihrer Genossin aufhäufte. Die
hierzu verwendeten Steine und Erdmassen sollen aus der eine
halbe Meile entfernten Stubbnitz herbeigeholt sein.

Mitgeteilt von Dr. K. Albrecht.

69.

Ein Riesenkind ertrinkt.

Zur Zeit, als noch das Volk der Riesen auf Rügen
hauste, pflegten die Riesinnen, welche auf Arkona wohnten,
den Riesinnen in der Stubbenkammer häufige Besuche ab-
zustatten. Um aber dorthin zu gelangen, machten sie nicht
den Umweg über die Schaabe, sondern sie wateten quer durch
das Wasser der Tromper Wiek, und das war für sie nicht
anders, als wenn Knaben mit aufgekrempelten Beinkleidern
durch den seichten Dorfteich waten. Einst aber erging es
einer Riesin auf diesem Wege doch herzlich schlecht. Sie

hatte nach Art der Frauen ihr Kind in die Schürze gelegt und diese um die Hüften zusammengeknotet. Unterwegs aber ertrank das Kind, da die Mutter nicht gehörig acht=gab. Als sie dann aufs Trockene kam, entschuldigte sie ihre Unachtsamkeit mit den Worten: „Wir haben doch im ganzen Leben nicht solch hohes Wasser gehabt, als heute!"

Mündlich aus Bergen.

VII.

Steinsagen.

70.
Die Siegsteine bei Stresow.

Am Fuße der Stresower Hügel stehen in einer Ebene mehrere Gruppen von Steinkegeln, welche heutzutage freilich arg zerstört sind. Diese Steine heißen Siegsteine oder, wie der Volksmund sagt, „be Zägensteen". — Die Putbusser sollen an dieser Stelle einst einen heftigen Kampf mit den Mönchgutern bestanden haben, und nach dem Kampfe soll die siegende Partei diese Steine errichtet haben. Andere wollen, daß die Riesenweiber, welche den Siegern Beistand geleistet hatten, die Siegsteine dahin gebracht hätten.

Die Veranlassung zu dem Kampfe war eine uralte. Denn die Putbusser und Mönchguter lagen von jeher mit einander in Zwist und Hader. Aus jener Zeit soll auch der Name „Pooken" herstammen, womit die Putbusser ihre Feinde spottweise belegten und womit die Mönchguter bis auf den heutigen Tag bezeichnet werden. Dieselben bedienten sich nämlich im Kampfe langer scharfer Messer, welche Pooken hießen. Auf der anderen Seite benannten die Mönchguter ihre Gegner mit dem Schimpfnamen „be Kollen", da die

Putbusser mit Kollen d. i. Streitkolben bewaffnet waren. Auch dieser Name ist geblieben, indem die Mönchguter alle Rügianer, welche nicht auf ihrer Halbinsel geboren sind, mit diesem Worte bezeichnen.

Nach Grümbke: Darstellungen II S. 78 und 233 f.

71.

Der Bußkahm vor Göhren.

In der Nähe von Göhren, etwa 1000 Schritte vom Ufer entfernt, liegt im Wasser ein gewaltiger Felsblock, welcher der Bugskahm, Bußkahm oder Buhskamen heißt. Dieser Stein soll in heidnischen Zeiten ein Opferstein gewesen sein. Andere erzählen, daß die Seejungfern jede Johannis= nacht auf demselben ihre Reigentänze abhalten. Den Namen Bußkahm soll der Stein von den ehemaligen Mönchen des Klosters Eldena, welchen die Halbinsel Mönchgut zugehörte, erhalten haben. Vor Alters wurde der Versuch gemacht, den gewaltigen Block zu sprengen; das soll noch an einem in die Spalten des Steines getriebenen eisernen Keil wahrnehm= bar sein.

Mündlich und Inbigena S. 212. — Das Wort „Bußkahm" ist slavischen Ursprungs und bedeutet „Gottesstein."

72.

Die sieben Steinreihen auf der Prora.

Die Halbinsel Jasmund hängt mit der Insel Rügen durch eine schmale Landenge zusammen, die Prora genannt. Auf dieser sieht man nach der Prorer Wiek zu sieben Reihen Steine. Sie liegen so hoch, daß jetzt keine Welle an sie heranreichen kann, und doch sehen sie aus, als wenn sie von der Meeresbrandung geglättet wären. Man erzählt sich, daß in ganz alten Zeiten der Wind einmal sieben Jahre lang ununterbrochen aus Nordosten geweht und jedes Jahr eine von diesen Steinreihen angesetzt habe.

Temme: Volkssagen Nr. 195. — In ähnlicher Weise erzählt man sich auch, daß Vineta durch einen furchtbaren Nordoststurm, der sieben Jahre lang die wilden Meereswogen auf die Stadt zu= trieb, untergegangen sei.

73.

Der Mägdesprung auf dem Rugard.

I.

Auf dem Rugard bei Bergen sieht man einen Stein, in welchem ganz deutlich die Spuren eines Frauenfußes und eines Peitschenschlages abgebildet sind. Diese Spuren sind auf folgende Weise entstanden: Auf dem Rugard war einst ein Junker, der ein großer und frecher Mädchenjäger war. Der traf einmal bei diesem Steine eine Jungfrau, die er mit seinen falschen Liebesschwüren bestürmte, so daß sie sich seiner kaum erwehren konnte. Als sie nun zuletzt gar keinen Aus= weg mehr sah, ihm zu entkommen, da sprang sie in ihrer Angst von dem Steine, auf welchem sie stand, hinunter in die Tiefe des Thales hinein, worüber der Junker so zornig wurde, daß er mit seiner Reitgerte auf den Stein schlug. Da war es denn wunderbar, nicht nur daß die Jungfrau unversehrt unten im Thale angekommen war, sondern auch daß sich die Spur ihres Fußes und des Peitschenschlages im Steine abgedrückt hatte.

Temme Nr. 194.

II.

Ein Höfling der Fürstenburg traf einst eine schöne Hirtin, ihre Herde nahe am Rugard weidend, an und suchte

sie seinen Wünschen geneigt zu machen. Das Mädchen ent=
flieht. Im Begriff, über den Hohlweg auf einen an der
entgegengesetzten Seite liegenden Stein zu springen, ruft ihr der
schon ganz nahe Verfolger zu, ebenso unmöglich ihres Fußes
Spur sich dem Steine eindrücken oder sie mit ihrer Peitsche
eine Vertiefung in den Stein hauen könne, ebenso unmöglich
sei es, daß sie ihm entkommen könne. Das Mädchen springt
und haut im Sprunge mit der Peitsche auf den Stein, und
siehe, des Mädchens Fußspur ist dem Steine eingedrückt,
der Peitschenhieb hat eine Vertiefung im Steine hervor=
gebracht — und das Mädchen entgeht ihrem Verfolger.

R. S(chneide)r: Reisegesellschafter durch Rügen S. 30 f. —
Vgl. Pröhle: Deutsche Sagen, Berlin 1863, S. 99.

74.

Der Stein vor der Kirche zu Gingst.

Auf dem Marktplatze zu Gingst vor der Kirche liegt
ein großer Stein. Von demselben geht die Sage, daß er
zum Andenken an einen auf dieser Stelle begangenen Mord
errichtet worden sei. Vor ungefähr zweihundert Jahren
nämlich erschlug dort ein in der Gingster Gemeinde ein=
gepfarrter Edelmann den eigenen Prediger. Zur Strafe
dafür verlor der Flecken Gingst, der bereits Marktgerechtig=
keit hatte, diese seine Gerechtsame, und erst im Anfange dieses
Jahrhunderts wurde ihm dieselbe von neuem verliehen.

Mündlich aus Gingst. — Der erschlagene Prediger hieß
Laurentius Krinke, der Mörder Sambur Pretz. Die Bluttat
ist auf dem Kirchhofe ausgeführt und zur Erinnerung daran ur=
sprünglich ein Steinkreuz aufgerichtet worden, welches aber um
das Jahr 1700 herum „durch ruchlose Bauern=Knechte", welche
ein Fuder Sträucher über den Kirchhof fahren wollten, um=
geworfen und unten ab, auch in der Mitte entzwei gebrochen
wurde (J. G. Buschmann: Schluß der letzten Predigt u. s. w. [1729]).

75.

Der Mönchsstein vor Schaprode.

Unmittelbar vor Schaprode zur Linken an der Land=
straße, welche nach Trent führt, steht ein alter Stein, der
Mönchsstein genannt, dessen beide platte Seiten mit je einem
Crucifir versehen sind; doch sind dieselben jetzt bereits so
verwittert, daß man die Umrisse kaum noch erkennen kann.
In früheren Zeiten hat auch eine Inschrift darauf gestanden,
von der ist jetzt aber nichts mehr zu sehen. Von diesem
Steine erzählt man sich, daß einstmals zwei Mönche
(Studenten) hier ein Duell ausgefochten hätten, in welchem
beide gefallen wären; zum Andenken an dieses Ereigniß sei
das Steindenkmal errichtet worden.

Andere erzählen, der Stein bezeichne die Stelle, wo
der erste Bischof von Rügen begraben liege; warum derselbe
aber gerade hier beerdigt ist, das wissen sie nicht anzugeben,
denn das ist schon zu lange her. — Noch andere wollen
wissen, daß unter dem Stein ein angesehener dänischer Bischof,
der in Schaprode erschlagen wurde, begraben liege.

Endlich wird auch erzählt, daß an der Stelle, wo der
Mönchsstein steht, in ganz frühen Zeiten, als es noch keine
Kirchen auf Rügen gab, geprediget worden sei.

Mündlich aus Trent, Schaprode und Gingst. — Vgl. Wacken=
rober S. 310, der den Stein mit einem Erntegebrauch in Ver=
bindung bringt.

76.

Der Steinsatz von Nobbin.

Unmittelbar an der Ostküste der Halbinsel Wittow, in
der Nähe des Dorfes Nobbin, befindet sich hoch oben am
Ufer ein uraltes Denkmal, welches gewöhnlich der Steinsatz

von Robbin heißt. Es ist entweder ein altes Hünengrab oder bezeichnet eine Ting- oder Gerichtsstätte. Der Platz ist von jeher ein geheiligter gewesen, und niemand hat es gewagt, die Stätte mit dem Pfluge oder der Hacke aufzureißen. Nur einmal ließen sich ein paar Leute, welche dort ein Feuer gesehen hatten, verlocken, an der Stelle nach Geld zu graben. Allein die Strafe folgte sogleich: noch in derselben Nacht starben alle eines plötzlichen Todes.

Nach Zöllner: Reise durch Pommern nach der Insel Rügen S. 298. — Es ist wohl kaum zu bezweifeln, daß der „Steinsatz" als eine Begräbnisstätte aus der Steinzeit anzusehen ist. Vgl. Baier S. 63.

VIII.

Wassergeister.

77.

Seejungfern auf Rügen.

Faſt überall auf der Inſel ſind die Seejungfern oder Nymphen heimiſch; beſonders gerne aber halten ſie ſich im Schmachter-See bei Binz und im Herthaſee in der Stubbnitz auf. In ſchönen Sommernächten tauchen ſie aus dem Waſſer empor und führen an den Ufern der Seen oder auf feuchten Wieſen ihre Reigentänze auf.

Was es aber ſonſt für eine Bewandtnis mit ihnen hat, das weiß kein Menſch ſo recht genau anzugeben; denn es iſt ſchädlich, darüber zu ſprechen. Auch hat ſie noch niemand ſo ganz nahe bei geſehen, weil der Nebel, das Kleid der Seejungfrauen, ſie meiſt dem menſchlichen Auge verhüllt. Und das iſt ein wahres Glück: denn wer einmal eine See-jungfrau ganz in der Nähe geſehen hat, der iſt ihr unwider-ruflich verfallen und wird von ihr in den See oder in das Meer hinabgezogen.

Mündlich.

78.

Die Seejungfern auf Mönchgut.

Die Seejungfern sind verwünschte Prinzessinnen und
nur am Oberkörper von Menschengestalt, der Unterkörper
läuft in einen langen Fischschwanz aus. Um Johannis
Mittag, zwischen elf und zwölf Uhr, steigen sie an die Oberfläche der Ostsee empor, gegenüber der Küste von Mönchgut.

Jede von den Jungfern hat eine zinnerne Schüssel in
der Hand, mit köstlichen Speisen gefüllt. Daraus essen sie.
Dann legen sie die Teller fort und beginnen ihre fröhlichen
Tänze. Sie fassen einander an und wirbeln sich im Kreise
herum, lachen und spielen, singen und klatschen voll Übermut
in die Hände. Sobald aber die Glocke die zwölfte Stunde
verkündet, sind sie wie der Wind verschwunden, um erst am
nächsten Johannistag wieder zu erscheinen.

Mitunter sind die Seejungfern auch bis an das Ufer
von Mönchgut geschwommen und haben dann ihre Rundtänze
auf dem Bredsteen abgehalten, welcher so groß wie eine geräumige Stube und auf seiner Oberfläche ganz glatt und
eben ist.

Jahn: Volkssagen Nr. 173.

79.

Prinzessin Svanvithe.

Gewöhnlich hört man erzählen, die verzauberte Prinzessin Svanvithe wohne im Garzer Wallberge; aber das
ist nicht richtig oder mag früher so gewesen sein. Jetzt lebt
sie vielmehr im Garzer See; es ist jedoch nur wenigen
Menschen vergönnt, sie zu sehen. Denn nur derjenige, welcher
an einem Sonntage während der Kirchzeit geboren ist, kann

sie sehen, und für einen solchen ist sie auch nur an einem
Tage im Jahre, nämlich am Johannistage, sichtbar. An
diesem Tage nämlich kommt sie an die Oberfläche des Wassers
und schwimmt im See umher. Auch soll sie am Johannis:
tage erlöst werden können.

Mitgeteilt aus Gingst. — Vgl. Nr. 123.

80.
Die weiße Frau im Herthasee.

I.

In der Nähe des Herthasees in der Stubbnitz sieht
man oft, besonders in hellen Mondscheinnächten, eine schöne
Frau hervorkommen, die sich nach dem See hinbegiebt, um
sich darin zu baden. Sie ist von vielen Dienerinnen umgeben,
die sie zu dem Wasser hinbegleiten. In diesem verschwinden
sie alle, und man hört nur das Plätschern darin. Nach einer
Weile kommen sie sämtlich wieder heraus, und man sieht sie
in großen, weißen Schleiern zu dem Walde zurückkehren.
Für den Wanderer, der dies sieht, ist das alles sehr ge:
fährlich. Denn es zieht ihn mit Gewalt nach dem See, in
dem die weiße Frau badet, und wenn er einmal das Wasser
berührt hat, so ist es um ihn geschehen: das Wasser ver:
schlingt ihn. Man sagt, daß die weiße Frau alle Jahre
einen Menschen in die Flut verlocken müsse.

Temme Nr. 38.

II.

Alle sieben Jahre kommt die weiße Frau, welche im
Herthasee wohnt, an die Oberfläche des Wassers, um Zeug
zu waschen. Sie bleibt dann aber auch nur kurze Zeit

sichtbar; und daher kommt es, daß bisher nur wenig Menschen sie mit Augen gesehen haben.

Mündlich.

III.

Am Ufer des Herthasees zeigt sich zuweilen in mond=hellen Nächten eine schöne Jungfrau, welche ein Stück Zeug in dem Wasser des Sees wäscht. Wer sie sieht, muß sie nicht mit dem sonst üblichen Gruß: „Gott help'!" anreden, sondern muß umgekehrt: „Help' Gott!" sagen; dann kann es mit großem Glück für ihn verbunden sein.

Mündlich aus Ralswiek.

81.
Der Herthasee.
I.

Auf den Herthasee darf niemand einen Kahn oder ein Netz bringen. Es hatten vor Zeiten einmal etliche Leute sich unterstanden, darauf mit einem Kahn zu fahren, den sie des Nachts auf dem Wasser ließen. Als sie aber am andern Morgen dahin zurückkehrten, war er fort, und sie fanden ihn erst nach langem Suchen oben auf einer Buche am Ufer wieder. Da hatten ihn die Geister des Sees über Nacht hinaufgebracht. Denn wie die Leute ihn herunter=holten, da hörten sie tief unten aus dem See ein Gespött und eine Stimme, die ihnen zurief: „Ich und mein Bruder Nickel haben das gethan."

Temme Nr. 38. — Die Sage findet sich schon bei Micrälius: Sechs Bücher vom alten Pommerlande I S. 26; desgleichen bei Wackenroder S. 5; der letztere hat jedoch den Bruder Nickel in einen Bruder „Michel" verwandelt.

II.

Zur Zeit, als Claus Störtebecker und Göbeke Michael an den rügenschen Küsten ihr Unwesen trieben, lebte ein

Fischer, welcher auf dem Herthasee zu fischen pflegte. Als
er eines Morgens an den See kam, war sein Boot ver=
schwunden. Lange Zeit suchte er vergeblich, ohne es finden zu
können; da blickte er zufällig einmal in die Höhe und sah
sein Boot an einem großen Baume hängen. „Wue mag bi
de Deuwel dorup krägen hebben," sprach der Fischer für sich.
Alsbald antwortete der Teufel aus dem Kahne:

„Ik toog,
Un mien Brore Tib, be schow."

Mündlich aus Trent.

82.
Der verwünschte Prinz.

Einst weidete ein Schäfer seine Herde am Strande der
Bullerhürn. Da fand er im Seeschlage (Seeschöling) eine
Muschel, die er aufhob und sinnend betrachtete. Schon war
er im Begriffe, sie an einem Steine zu zerschellen, da thaten
sich die Schalen der Muschel von selbst auseinander, und aus
dem Innern stieg ein winziges Männchen hervor, welches den
Schäfer mit bewegten Worten bat, die Muschel nicht zu zer-
stören, da es sonst sterben müsse. Der erschreckte Schäfer
setzte darauf die Muschel ins Wasser und sah nun voller
Staunen und Verwunderung, wie die Muschel allmählich
immer größer wurde und zuletzt die Gestalt eines Bootes
annahm, welches vier Matrosen durch Ruder fortbewegten,
während am Steuer ein schöner Jüngling, eben das frühere
Männlein, saß. Mit glückstrahlendem Antlitz erzählte der
Jüngling dem Schäfer, er sei ein verwünschter Prinz; vor
Jahren wäre er wegen seiner oft bewiesenen Hartherzigkeit
in eine Muschel verbannt worden, mit der Bestimmung, daß
er nicht eher erlöst werden könne, als bis sich jemand finde,

ber ihm aus Barmherzigkeit eine Bitte gewähre. Nun habe er, der Schäfer, ihn erlöst. Alsbald zeigte sich ein großes Schiff in der Bucht, welches der Prinz bestieg und auf welchem er davonfuhr. Der Schäfer schaute dem Schiffe so lange nach, bis die Mastspitzen seinen Augen entschwanden. Als er sich dann wieder zu seiner Herde wendete, hörte er plötzlich in den nahen Binsen eine schnatternde Stimme, welche ihm zurief:

Eier, Eier breugt ick (brütete ich);
Quark, Quark säugt ick (zog ich auf)!

Als der Schäfer der Stimme nachging, flatterte eine Wild=ente von ihrem Neste auf. In dem Neste aber fand der Schäfer statt der Eier zwanzig große goldene Muscheln, die er an sich nahm und später für vieles Geld verkaufte. Dadurch wurde er ein reicher Mann und brauchte nicht mehr die Schafe zu hüten.

Mitgeteilt von Lehrer A. Pennse in Bussin.

83.

Der Puk in der Bullerhürn.

I.

Nördlich vom Bakenberge auf Wittow kreuzte einmal in der offenen See ein Schiff, welches Schnupftabak geladen hatte. Der Kapitän des Schiffes war ein habgieriger, hart=herziger Mann, welcher aus Geiz weniger Mannschaft an=gemustert hatte, als das große Schiff erforderte. Alle Arbeit nun, welche die Matrosen nicht beschaffen konnten, pflegte er dem Schiffsjungen aufzubürden, welcher dadurch fast zu Tode

gequält wurde. Auch jetzt mußte der Schiffsjunge wieder
stundenlang mit hungerndem Magen am Steuer stehen,
während der Kapitän in seiner Kajüte des Schlafes pflegte.
Da wurde er plötzlich von einem Matrosen auf Deck ge=
rufen. Der Schiffsjunge am Steuer war verschwunden, und
an seiner Stelle stand ein kleines Männchen, welches den
Kapitän mit seinen blitzenden Augen unheimlich anglotzte.
Als der Kapitän die Gestalt sah, erbleichte er, zog sich
mit den Matrosen auf den Vorderraum des Schiffes zurück
und sagte: „Lür, dat is de Puk. Wi mütten em wat to
äten anbeiden; sünst geiht uns dat slicht." Als nun
der Kapitän dem Puk anbot, sich etwas auszuwählen,
bat dieser um eine Prise Schnupftabak, welche ihm mit
Freuden gewährt wurde. Es dauerte nicht lange, so mußte
der Puk niesen, und alsbald entwickelte sich in der Luft eine
frische Brise, welche die Segel des Schiffes schön blähte.
Dabei war die Nase des Puks bedeutend größer geworden;
diesen aber schien das wenig zu kümmern, denn er fing an
lustig zu singen:

> Von wegen de flaue Bris'
> Bloß noch 'ne lütte Pris'!

Darauf ging er in den Schiffsraum und nahm von der
Ladung eine zweite, aber weit größere Prise, als das erste
Mal, nach welcher er natürlich bedeutend stärker nieste und
dadurch die Brise zum starken Wind anfachte. Während
sich nun die Mastbäume knarrend unter der Wucht des Windes
bogen, wurde die Nase des Puks noch größer als vorher, und
als er die dritte Prise nahm, konnte er auch eine verhältnis=
mäßig größere Menge Schnupftabak in die Nase stopfen,
die sein Niesen noch verstärkte und damit den Wind zum
Sturm steigerte. So trieb es der Puk eine ganze Weile

fort: immer größere Prisen nahm er, und immer furchtbarer tobte der Sturm, bis der Puk endlich die ganze Ladung aufgeschnupft hatte. Dadurch aber wurde das allmählich immer leichter gewordene Fahrzeug ein Spiel der Wellen und wurde endlich von diesen ganz umgestoßen. Die Matrosen retteten sich mit Mühe und Not ans Land, der Kapitän aber kam jämmerlich ums Leben.

Der Puk, welcher nun seinen Zweck erreicht hatte, sprang beim Untergang des Schiffes hohnlachend ins Meer und ging in die Bullerhürn, wo er seitdem auf dem Meeresgrunde wohnt. In der Johannisnacht können bisweilen die Fischer seine große Nase wie einen gewaltigen Felsblock aus dem Wasser hervorragen sehen.

II.

In einem Dorfe auf Wittow lebte vor Jahren ein Mann, der sehr wohlhabend war; aber man erzählte sich, er habe seinen Reichtum nicht auf rechtmäßige Weise erworben. Er sollte seine Schätze dem Puk in der Bullerhürn zu verdanken haben, welcher jeden Abend durch den Schornstein zu ihm ins Haus geflogen kam und ihm auf diesem Wege Geld und Reichtum zutrug. Als Entgelt dafür erhielt der Puk jedesmal eine Schüssel voll Essen. Da begab es sich, daß der Mann sein Haus verkaufte und nach einem anderen Dorfe zog. Der Puk, der von diesem Verkaufe nichts wußte, erschien, wie gewöhnlich, am Abend in dem Hause, um sich sein Essen abzuholen. Als er jedoch nichts vorfand, machte er auf dem Hausboden einen tollen Lärm, bis der neue Besitzer des Hauses hinaufstieg und ihm den Umzug seines alten Herrn mitteilte. Alsbald verließ der Puk, scheltend, daß ihm von der Sache nichts mitgeteilt sei, das Haus und lief im

„ſnirten Draff" über das Waſſer nach dem neuen Wohnorte
ſeines Herrn, wo er vieles von dem zugetragenen Gelbe
wieder fortnahm und nach ſeiner Wohnung in der Buller:
hürn zurückbrachte.

Ebendaher.

84.
Der Saalhund.

Die Schiffer und Fiſcher auf Hibbenſee und Mönchgut
hegen in betreff der Kinder beſonderen Glauben.   Auf
Hibbenſee muß ein Stück von einem Fiſcherboote in der
Wiege liegen, ſonſt kommt der Saalhund und verſchlingt das
Boot ſamt dem Fiſcher, wenn dieſer zum erſten Male aus:
fährt. Dieſer Saalhund iſt wohl eigentlich der Seehund,
aber man bezeichnet auch alle Meerungeheuer mit dieſem
Namen. Auf Mönchgut legt man den Kindern ein Meſſer
in die Wiege, damit ſie, wenn der Saalhund kommt, dem:
ſelben den Kopf abſchneiden können.

A. Kuhn: Sagen aus Weſtfalen II S. 35. — Nach A. Kuhn
ſcheint hier an die Stelle der Kinder raubenden Zwerge der Seehund zu treten.

85.
Das Lied vom Saalhund.
I.

Halt mi den Saalhund to Land!
He frett den Fiſch ut dem Strand;
He het mi dat Nette torreten;
He will uns jo alle upfreten.

Aus Hibbenſee. Sundine 1838 S. 102.

II.

Hahl mi den Saalhund

Ut'n Stranne

To Lanne.

He hett mi all de Fisch upfräten,

He hett mi't ganze Nett terräten.

Hahl mi den Saalhund

Ut'n Stranne

To Lanne!

Mündlich. — Auf Mönchgut soll früher eine eigentümliche, mit diesem Liede zusammenhängende Sitte bestanden haben, über welche S(chneide)r: Reisegesellschafter durch Rügen, Berlin 1823, S. 181 f. folgendes berichtet: Wenn der Seehund (plattd. Sahlhund) in die Netze der Mönchguter einbricht und die gefangenen Fische verzehrt, rudern diejenigen, die den Raub zuerst bemerken, sofort ans Land und rufen die männlichen Mitbewohner des Dorfs zum Kampf gegen ihren Feind auf. Alles eilt nun mit Schießgewehr und andern Waffen nach dem Strande. Ehe sie aber zum Angriff abrudern, tanzen sie am Strande, sich einander an den Händen fassend, im Kreise herum und singen dabei das obige Lied. Wenn sie den Tanz unter steter Wiederholung des Liedes beendigt haben, eilen sie zu ihren Böten, um ihren Feind aufzusuchen und anzugreifen.

86.

Wasserschlangen.

Ein paar mächtige goldige Wasserschlangen sollen ehemals zu Schoritz in dem großen Teiche hinter der Scheune gehaust und den Kühen gelegentlich die Milch abgesogen haben.

E. M. Arndt: Erinnerungen aus dem äußeren Leben.

87.

Die Brunnengeister.

In den Brunnen wohnen häufig böse Geister, welche den Menschen, wenn er sich zu weit vorneüber beugt, beim

Kopfe faffen und in die Tiefe ziehen. Mit Vorliebe haben sie es auf die kleinen Kinder abgesehen, und diese können daher nicht genug gewarnt werden, zu nahe an die Brunnen heranzugehen.

Mündlich. — Bei diesen Brunnen ist natürlich an die alten, oben offenen Brunnen gedacht, aus welchen das Wasser durch eine primitive Hebevorrichtung geschöpft wird.

———

IX

Hexen und Zauberer.

88.

Hexensabbath.

Ein Mann ging in der Walpurgisnacht durch einen Wald auf der Insel Rügen. Er verirrte sich jedoch und kam endlich an eine freie Stelle im Walde. Hier sah er ein grauenhaftes Getümmel: Katzen, Ziegenböcke und Hunde balgten sich mit einander. Als sie nun den Wanderer erblickten, schrieen sie wie aus einem Halse: „Du sollst uns zu unserem Tanze blasen." Er mußte es sich gefallen lassen. Man reichte ihm ein Blashorn, und er mußte tüchtig blasen. Um ein Uhr war alles verschwunden. Als sich der Wanderer nun sein Blashorn besah, da war es eine tote Katze, welcher er die Gedärme aus dem Leibe gesogen hatte.

Mündlich aus Trent.

89.

Hexenriemen vererbt sich.

Eine Frau, welche zwei Kinder, einen Sohn und eine Tochter, hatte, hinterließ bei ihrem Tode einen Hexenriemen,

ben sie dem Sohne vermacht hatte. Der Sohn wollte nun
wohl den Willen der Mutter erfüllen, aber ihm graute vor
dem Riemen. Als daher seine Mutter beerdigt werden sollte,
legte er den Riemen mit in den Sarg. Acht Tage nachher
starb der Sohn. — Als nun die Schwester die Kleider ihres
Bruders reinigen wollte, fand sie zwischen denselben den
Riemen wieder. Sie erschrak darüber sehr, denn sie wollte
den Riemen auch nicht haben und warf ihn weg. Ein
viertel Jahr darnach starb sie auch. Als sie beerdigt werden
sollte, kam der Riemen wieder zu ihr und wurde mit ihr
in die Grube gesenkt, da er von dem Sarge nicht wieder
entfernt werden konnte.

Mündlich.

90.

Die Hexenrute.

Eine Hexenrute hat die Eigenschaft, daß man ver=
mittelst derselben alle Schätze auffinden kann, welche in der
Erde verborgen sind. Man verschafft sich eine solche Rute
auf folgende Art. Des Nachts zwischen zwölf und ein Uhr
geht man stillschweigend zu einer Elsenweide und schneidet
sich von derselben eine kräftige Rute ab. Diese wird dann
unter besonderen Feierlichkeiten, nämlich gerade so, wie ein
kleines Kind, getauft, wodurch sie die Kraft erhält, ver=
borgene Schätze anzuzeigen. — Wenn der Besitzer einer solchen
Rute sein Lebensende herannahen fühlt, so muß die Hexen=
rute schnell auf demselben Kirchhofe begraben werden, auf
dem der Besitzer nachher bestattet werden soll; bevor das
geschehen ist, kann er nicht sterben.

Mitgeteilt aus Gingst.

91.

Das sechste und siebente Buch Mose.

In Trent lebte vor vielen Jahren ein alter Schneider-
meister, dessen Frau hatte von ihrer Mutter ein merkwürdiges
Buch geerbt; man sagt, es solle das sechste und siebente
Buch Mose gewesen sein. So oft die Frau in dem Buche
las, kamen Rehe, Wölfe, Hasen und andere Tiere herbei,
legten sich ihr zu Füßen und spielten mit ihren Kindern.
Sobald das Buch geschlossen wurde, waren auch sämtliche
Tiere wieder verschwunden.

Eines Tages wurde die Frau beim Lesen des Buches
von ihrem Manne überrascht; der ergriff das Buch und warf
es in den Ofen. Aber siehe da! das Feuer erlosch, und
das Buch blieb unversehrt. Der Schneider wollte das Buch
jedoch nicht länger im Hause haben, und so mußte auf An-
raten einiger alter Leute ein Knabe, der an einem Sonntag
unter der Predigt geboren war, das Buch in den Ofen werfen.
Das half, denn alsbald wurde das Buch von den Flammen
verzehrt.

Mündlich aus Trent. Mitgeteilt durch Conrektor P. Grützmacher.

92.

Hexe melkt einen Biegenbock.

Doa was mal ees een Mann, de wull sich 'ne Zäg
köpen. He funn ook eene. He leet se sik nu vörmelken,
und se gaww schöne Melk. As he öwer mit ehr nah Huus
kem, seech sien Fru, dat dat'n Zägenbuck wier, den ehr
Mann köfft harr. Se schull em düchtig ut un schickt em
nah de Fru torüh, von de he de Zäg köfft harr. De Fru

fär öwer, dat wier gor keen Buck, unb melkt werre, unb
be Zäg gaww ook werre schöne Melk. Den Mann wull
dat nu gor nich in'n Kopp kamen; he keek genauer hen un
seech, dat an dat Üre von be Zäg een Zettel befestigt wier.
Doran markt he, dat he be Zäg von eene Her köfft harr.
He leet be Zäg boa unb ging werre nah Huus.

Mündlich aus Prora.

93.
Hexe wird vertrieben.

In Garz lebte vor vielen Jahren eine alte Frau, welche
allgemein als Here in Verruf stand. Eines Abends merkte
ein kleines Mädchen, welches zum Bäcker ging, um Brot zu
holen, daß bie alte Here ihr auf dem Fuße folge. Das
Mädchen bekam Angst, lief in ein nahe liegenbes Haus unb
fing laut an zu schreien. Da kam ber Hausherr mit Licht,
um zu sehen, was los wäre. Als bie Here, welche bem
Mädchen auch in bas Haus gefolgt war, bas Licht sah,
sprach sie:

Bei Licht kann ich sie finden;
Im Dunkeln muß ich sie suchen.

Sprach's unb war zur selbigen Zeit aus Garz verschwunden.

Mitgeteilt aus Gingst.

94.
Verwandlung eines Bauernsohnes in einen Hasen.

Auf einem Bauerngehöfte in ber Nähe von Bergen
lebte ein Bauer mit seiner Frau unb seinen beiden Söhnen.
Von ber Frau erzählte man sich in ber Umgegenb, daß sie

in der Geheimkunst gut bewandert sei und daß sie mehr als andere Menschenkinder verstehe. Darunter hatte nun der jüngere ihrer beiden Söhne schwer zu leiden. Zu gewissen Zeiten nämlich bemächtigte sich der Frau eine sonderbare Unruhe: sie konnte nicht stille sitzen, sondern lief fortwährend zur Thür aus und ein, und dabei sahen ihre Augen unheimlich und wild aus. Diese Unruhe übertrug sich dann auch auf ihren Sohn. Dieser stürzte zum Hause hinaus und lief, so schnell ihn seine Füße tragen konnten, auf's Feld hinaus. Hier verwandelte er sich in einen Hasen, und dann ging es quer feldein über Hecken und Gräben, die Feldscheiben hinauf und hinunter. Oft haben die Leute es gesehen, wie der arme Hase umhergejagt wurde, gleich als wenn er von einem Jäger gehetzt wurde. Wenn seine Zeit abgelaufen war, verwandelte sich der Hase wieder in den Bauernsohn. Nach Hause zurückgekehrt, war er vollständig abgemattet und außer Atem, sodaß er kaum reden konnte. Mit seiner Rückkehr war dann auch die Unruhe seiner Mutter verschwunden. Übrigens wollen einige Leute in den Gesichtszügen des Bauernsohnes deutlich das Gesicht eines Hasen erkannt haben.

Mündlich aus Greifswald.

95.

Mädchen in Hasengestalt.

In Trent lebte früher ein Mädchen, welches von seiner Großmutter einen Hexenriemen geerbt hatte; sobald es den Riemen umschnallte, konnte es sich in einen Hasen verwandeln. In dieser Gestalt hatte sie schon oft einen in der Nähe wohnenden Förster geäfft; denn alle Schüsse, die derselbe auf den vermeintlichen Hasen abgegeben hatte, waren von dem Fell desselben abgeprallt. Da merkte er denn, daß es hier nicht mit rechten Dingen zugehe, und lud daher einen Sargnagel, den er sich zu verschaffen wußte, in seine Flinte; als er das nächste Mal den Hasen wiedersah, traf er ihn in einen Hinterlauf. Im selben Augenblick aber verschwand der Hase, und an seiner Stelle stand das Mädchen vor ihm, welches ihn unter Thränen um Hilfe bat, da sie am Fuße schwer verletzt wäre. Um das Mitleid des Försters zu erregen, gestand sie ihr Unwesen ein und versprach auch, in Zukunft keinen Gebrauch mehr davon zu machen. Eine Zeitlang hielt sie ihr Versprechen; kaum aber war der Fuß besser geworden, so fiel sie in ihr altes Laster zurück. Auf dem nahe gelegenen Gute Zubzow diente nämlich ihr Bräutigam als Futterknecht, und um diesen recht oft und ungestört besuchen zu können, nahm sie ihren Riemen fleißig zur Hand. Der Knecht hatte keine Ahnung davon, und als seine Braut eines Tages an seiner Seite als Hase erschien — da sie noch nicht Zeit gehabt hatte, menschliche Gestalt anzunehmen — schlug er mit einer Wassertrage nach ihr. Sie vergoß infolge dessen viel Blut und gestand ihrem Bräutigam unter Thränen, wie es um sie stände. Da löste dieser das Verhältnis zu ihr; das Mädchen aber blieb lahm bis an ihr Lebensende. Der Hexenriemen soll später auf dem Grabhügel der Großmutter eingegraben worden sein.

Mündlich aus Trent.

96.

Verbrennung einer Hexe.

Zwischen Trent und Ganschvitz lag bis vor einigen Jahren ein Hügel, welcher der Bakenberg hieß und welcher beim Bau der Chaussee unlängst abgetragen wurde. Auf diesem Hügel sollte einst eine Here verbrannt werden; aber das Feuer konnte ihr, obgleich es in hellen Flammen brannte, nichts anhaben. Da wandte man sich an einen achtzigjährigen Mann in Zubzow, welcher ein Mittel gegen Hexerei von seiner Urgroßmutter geerbt hatte. Als der um Rat gefragt wurde, erwiderte er: „Haugt ehr man ees mit be Art vör be Maag'!" Das geschah denn auch, und alsbald flog eine Elster aus dem Magen der Here; darauf verbrannte sie vollständig.

Mündlich aus Trent.

97.

Mittel gegen Behexung.

I.

Eine wahre Landplage sind die vielen Heren, die überall bis auf den heutigen Tag ihr Unwesen treiben. Sind sie aber schon für gewöhnlich sehr böse, so treiben sie es besonders arg in der Johannisnacht, wo das ganze Gelichter auf dem Blocksberge zusammenkommt. Dann schweifen sie, auf dem Besenstiel reitend, weit über Berg und Thal dahin, und man kann sich vor ihnen dann nur dadurch schützen, daß man drei Kreuze mit Kreide oder Kohle an die Hausthüre oder an die Fensterladen macht; denn vor diesem heiligen Zeichen haben sie Respekt. — Andere meinen, daß die jährliche Zusammenkunft der Heren in der Wolbrechtsnacht, d. i. der Nacht zum ersten Mai, stattfinde.

Mündlich.

II.

Wenn man auf dem Kirchhofe zufällig einen Nagel
ober eine Schraube findet, die von einem Sarge abgefallen
ist, und sie unten am Stocke befestigt, so ist dies ein gutes
Mittel gegen Beherung. Wenn man nämlich die Here mit
solch einem Stocke schlägt, daß sie blutig wird, so kann sie
einem nichts anhaben.

Wenn man abends einen Besenstiel vor die Hausthür
stellt, so kann die Here nicht ins Haus kommen. Manche
Leute nehmen statt des Besenstiels auch einen Riemen oder
einen „Sünderfinger" b. i. den Finger eines mit dem Tode
bestraften Verbrechers.*)

Wer seine Strümpfe so anzieht, daß die unrechte Seite
nach außen gekehrt ist, bem können die Heren nichts anhaben.

Um zu verhüten, daß man behertes Brot zu essen bekommt, macht jede gute Hausfrau, bevor sie das Brot an-
schneidet, mit dem Messer brei Kreuze auf der Rückseite
des Brotes.

Mündlich.

---

*) Von diesem Mittel weiß schon Matthäus von Normann
im Wend.-Rüg. Landgebrauch, abgefaßt um das Jahr 1545, zu
berichten (ed. Gadebusch S. 227): „Dat plag men olbings by
den Buhren Alrhunken, Döpkersen-Waß (Tauskerzenwachs), by den
Krögerschen Deve-Dhumen (Diebsdaumen) und andere boben
Knaten in den Tunnen ebber unber den Bierstellingen besinden,
be mosten tho der Tybt, wo se berüchtiget wurden und sich nicht
purgieren kunten, den Halß na Gelegenheit der Däth lösen" —
In gleicher Weise berichtet von Normaun von den „Molkentöver-
schen" b. i. denjenigen Frauen, die dem Vieh die Milch verheren.
„De plegen up etlike besondrige Tybe sick by frömbben Vehe vor
frömbben Dhören, Stellen ebber Heden laten finden." — Vgl.
Grimm D. M. 1. Aufl. S. LXXV (Chemnitzer Rockenphilosophie
Nr. 201).

III.

Wenn eine gut milchende Kuh plötzlich aufhört, Milch
zu geben, so ist dieselbe, wenn nicht andere Gründe vor-
liegen, behext, sei es durch den bösen Blick einer mißgünstigen
Nachbarin, sei es durch eine förmliche Verherung. Dagegen
wendet man folgendes Mittel an: Man nimmt „stillschweigend",
d. h. ohne das geringste Wort dabei zu sprechen und ohne
jemand etwas davon merken zu lassen, von zehn Thür-
schwellen je einen Splitter Holz, auf diese Splitter wird
Teufelsdreck gethan, und dann wird der Böse damit aus-
geräuchert. Der Böse fährt dann heraus, „dat dat man
ordentlich so ruuscht."

Mündlich.

98.

Hexenmeister wird erkannt.

Ein Mann, welcher mit einem Fuder Holz aus dem
Walde kam, verlor eine Klobe vom Wagen; er bemerkte
seinen Verlust aber rechtzeitig, hielt an und lud die Klobe
wieder auf. Jetzt konnten die Pferde plötzlich nicht von der
Stelle, während sie den Wagen vorher ganz leicht gezogen
hatten. Aber der Fuhrmann ließ sich nicht beirren; er mußte
sogleich, daß er von einem Hexenmeister festgemacht sei, und
um diesem einen Schabernack zu spielen, löste er das linke
Hinterrad von der Achse los und legte es auf den Wagen
Darauf trieb er die Pferde an und jagte wie ein Donner-
wetter die Straße entlang. Es dauerte nicht lange, da fing
es hinter ihm an zu ächzen und zu stöhnen. Das war kein
anderer als der Hexenmeister, welcher durch das Abnehmen
des Rades gezwungen worden war, die leere Achse des

Wagens mit der eigenen Schulter zu tragen. Das wurde
ihm natürlich bald zu schwer, und er bat den Fuhrmann
flehentlich, stille zu halten und ihn von dem Fluche zu lösen.
Das geschah denn auch, und nachdem das Wagenrad wieder
aufgestreift war, konnte der Mann seine Reise ungehindert
fortsetzen. Der Hexenmeister aber war froh, daß er so
leichten Kaufes davongekommen war.

Mündlich aus Burnitz. Mitgeteilt durch Conrektor P. Grützmacher.

X.

Werwolf.

99.
Werwölfe auf Rügen.

In früheren Zeiten hörte man auf Rügen von Werwölfen noch recht oft und viel erzählen; jetzt sind diese Geschichten jedoch meist vergessen. Nur das eine weiß man noch, daß es vordem viele alte Weiber gegeben hat, welche es verstanden, sich in einen Werwolf zu verwandeln und welche in dieser Gestalt dann gewissen Leuten, auf die sie es abgesehen hatten, vielen Schaden zugefügt haben.

Mitgeteilt von W. Reussner in Samtens. — Daß die Insel Rügen im Verhältnis zu dem übrigen Pommern an Werwolfsagen arm ist, hat seinen natürlichen Grund darin, daß der Wolf seit Jahrhunderten auf Rügen ausgerottet ist. Schon Kanzow berichtet um das Jahr 1540 als „ein seltsam Ding“, daß es auf Rügen keine Wölfe gebe. Zur Zeit des dreißigjährigen Krieges fanden sie sich allerdings zeitweilig wieder ein, aber im Jahre 1695 oder 1697 fand die letzte Wolfsjagd auf Rügen statt. Zur Ausrottung der Wölfe war in letzter Zeit eine Wolfssteuer erhoben worden.

100.
Der Werwolf von Jarnitz.

In der Nähe von Jarnitz hauste ein Werwolf, der die Eigenschaft besaß, sich in alle möglichen Gestalten verwandeln zu können. Dieser Werwolf brach alle Nacht raubend in die Schafhürden ein; denn dazumal blieben die Schafe des Nachts noch draußen auf freiem Felde und wurden in die Hürden getrieben. Der Schäfer hatte dem nächtlichen Räuber schon mehrere Nächte hinter einander mit einem geladenen Gewehr aufgelauert. Er hatte den Werwolf auch bereits mehrere Male grtroffen, wie er deutlich gesehen hatte. Aber die Kugeln schienen ihm nicht geschadet zu haben, denn jedesmal war er mit seiner Beute entkommen. — Da aber lud der Schäfer sein Gewehr mit Kugeln aus Erbsilber, die niemals ihre Wirkung verfehlen, und glaubte, nun des Erfolges sicher sein zu können. Der Werwolf erschien seiner Gewohnheit gemäß auch diese Nacht. Als er sich aber den Hürden näherte, merkte er sofort, daß der Schäfer ihm diesmal „was anhaben könne". Deshalb verwandelte er sich schnell in Menschengestalt, ging auf den Schäfer los und sagte zu diesem in vertraulichem Tone: „Du mußt mi doch woll nich dot scheeten!" Darüber wurde der Schäfer so bestürzt, daß er das Gewehr, welches er schon angelegt hatte, wieder absetzte. Der Werwolf aber hat nie wieder ein Schaf aus den Jarnitzer Schafhürden zu rauben gewagt.

Mündlich aus Strützendorf.

XI

Die Mahrt.

———

101.

Die Mahrt bei Menschen.

Das Alpdrücken wird im Volksmunde gewöhnlich „Mohrrieden" genannt. Es liegt dabei die Vorstellung zu Grunde, daß ein Nachtgespenst, welches Mahrt heißt, sich dem schlafenden Menschen auf die Brust legt und ihn „reitet".

Die Mahrt ist nach der Meinung des Volkes nichts weiter, als die Gedanken eines anderen Menschen, welche bei Nachtzeit durch das Schlüsselloch oder durch irgend eine Ritze oder Spalte der Thür ins Zimmer kommen, um den Schlafenden heimzusuchen. Die Mahrt hat entweder die Gestalt eines Marders oder kommt als schwarze Katze. Gewöhnlich kriecht sie von den Füßen aus langsam aufwärts bis zum Herzen hin oder bis auf die Brust hinauf. Hier bleibt sie dann liegen und fängt an, ihr Opfer zu quälen und zu ängstigen. Die Brust des Schlafenden wird dann eng zusammengeschnürt, und gerne möchte er schreien und um Hülfe rufen, wenn er nur könnte. Wer erst einmal von der Mahrt geritten ist, hat alle Nächte von derselben Mahrt dasselbe zu leiden.

7*

Glücklicherweise kennt man aber verschiedene Mittel, um den nächtlichen Gast loszuwerden. Das einfachste ist, sich von einem Stubengenossen laut mit Namen rufen zu lassen, sobald das ängstliche Stöhnen der Brust die Anwesenheit der Mahrt kundgiebt. Noch besser ist es, wenn der Name des Geplagten rückwärts gerufen wird, also zuerst der Vatername und dann der Vorname. Doch wird die Mahrt dadurch keineswegs verhindert, in der nächsten Nacht wiederzukommen.

Ein anderes Mittel ist es, wenn man die Mahrt, sobald sie in Thätigkeit ist, auf den nächsten Morgen zum Frühstück einladet. Dann muß die betreffende Person am anderen Morgen erscheinen, und man kann Abrechnung mit ihr halten.

Ferner kann man die Mahrt auch gleich in der Nacht einfangen, wenn man das Schlüsselloch verklebt, sobald man gemerkt hat, daß sie im Zimmer ist; oder man schlägt mit einem nassen Tuch nach ihr, oder man greift, wenn man von der Mahrt bedrückt wird, schnell zu und hält das, was man erfaßt hat, energisch fest. Dann muß der betreffende Mensch, dessen Gedanken als Mahrt den nächtlichen Besuch abgestattet haben, am anderen Morgen kommen und Abbitte thun, und vor weiteren nächtlichen Besuchen ist man ein für allemal sicher. Will man dieses letztgenannte Mittel anwenden, so ist es empfehlenswert, sich am Abend vorher Fausthandschuhe, die rauhe Seite nach außen gewendet, anzuziehen.

Oft sind es die wunderlichsten Dinge, welche man beim Zugreifen in die Hand bekommt. Einmal ist es passirt, daß ein von der Mahrt geplagter Mann beim Zugreifen eine Pflaume erfaßte, welche er sogleich verzehrte. Am anderen Morgen war ihm sehr übel, bis er eine Menge Knochen ausspie.

Ein anderer bekam, als er nach der Mahrt griff, eine Stecknadel in die Hand, welche ihn durch ihr Stechen heftig schmerzte. Er hielt sie aber fest, und am anderen Morgen saß vor seinem Bette eine ihm bekannte Frau, welche ihn bringend bat, sie doch für dieses Mal noch frei zu lassen.

Ein anderes Mal erschien die Mahrt als Apfel, als Backbirne, als Feder, als Maus u. s. w.; am häufigsten trifft man sie jedoch in der Gestalt eines Roggen= oder Stroh= halmes an. Einen solchen Halm erfaßte einmal ein Knecht auf Wittow, der viel von der Mahrt zu leiden hatte; so= gleich riß er die Ähre ab und warf den Halm vor die Thür. Am nächsten Morgen lag an Stelle des Halmes ein Mädchen ohne Kopf da.

Auf Jasmund ist es einmal passirt, daß ein Knecht von einem solchen Strohhalm, den er in die Hand bekommen hatte, das dünnere Ende in das dickere steckte und den Halm als= dann an einen Nagel hängte. Am folgenden Morgen hing daselbst ein altes Weib, die Füße mit den Schultern ver= bunden.

Weiter hört man auch als ein gutes Mittel gegen das Mahrtreiten empfehlen, ein altes Karrenrad unter das Bett zu legen; dann muß die Mahrt, anstatt den Menschen zu reiten, so oft im Zimmer herumlaufen, als das Rad sich schon um seine Are gedreht hat.

Endlich ist auch das ein probates Mittel gegen das Mahrtreiten, wenn man Abends beim Zubettegehen seine Pantoffeln umgekehrt vor das Bett stellt, so daß die Fuß= spitzen ins Zimmer zeigen; dann kann die Mahrt nicht auf das Bett kommen. Denselben Erfolg hat es, wenn man einen alten abgesegten Reisigbesen unter das Bett legt.

Vielfach hat man bemerkt, daß gerade die schönsten

Mädchen des Nachts als Mahrt umgehen. Oft kommen sie aus weiten Ländern, meist aus England, herbeigeeilt. Fängt man eine solche Mahrt, so kann man sie zur Ehe zwingen, indem man ihr die Kleider fortnimmt. Doch muß man sich hüten, ihr dieselben später zurückzugeben, denn alsbald wird sie auf Nimmerwiedersehen in ihre frühere Heimat zurückkehren.

102.

Die Pferdemahrt.

Es werden aber nicht bloß Menschen, sondern bisweilen auch Pferde von der Mahrt heimgesucht. Wenn das geschieht, so zeigen sich beim Pferde dieselben Erscheinungen, wie beim Menschen. Auch das Pferd fängt an zu stöhnen und zu ächzen, wenn es von der Mahrt geritten wird, und am anderen Morgen sind die Mähnen gewöhnlich ganz verwirrt oder auch wohl zusammengeknüpft und in kleine Zöpfe geflochten, und der Leib des Tieres ist ganz mit Schweiß bedeckt. Äußerlich kann man solche Pferde daran erkennen, daß sie meist sehr „schlank und rank" sind und auch trotz des besten Futters niemals fett werden.

In Bezug auf das Einfangen und Vertreiben der Pferdemahrt gilt dasselbe, wie von der Mahrt, welche den Menschen reitet.

Ein besonderes Mittel, die Pferdemahrt zu bannen, hat ein Knecht aus Seedorf erfunden. Derselbe hatte ein Pferd, welches allnächtlich von der Mahrt entsetzlich geplagt wurde. Da stand er eines Nachts, als das Pferd wieder laut ächzte und um sich schlug, von seinem Bette auf und goß einen Eimer voll Wasser von rechts nach links über das Pferd. Nun wurde dasselbe ruhig; zugleich aber stand vor dem

Knechte eine hübsche, junge Dame. Die sagte, sie wäre aus
England, und bat ihn, er möchte sie doch wieder frei lassen;
das könne jedoch nur geschehen, wenn er einen zweiten Eimer
voll Wasser von links nach rechts über das Pferd gieße.
Der Knecht that das, und alsbald verschwand die Dame und
ist auch niemals wieder gekommen.

Vor allen Dingen aber muß man sich hüten, · die
zusammengewirrten Teile der Mähne abzuschneiden, sonst
bekommt man selbst die Mahrt.

Gewöhnlich läßt man der Pferdemahrt ruhig ihren
Willen; denn man hat bemerkt, daß diejenigen Tiere, welche
von der Mahrt geritten werden, von keiner Krankheit befallen
werden und auch gegen jede Art von Beherung geschützt sind.

103.

Die Mahrt bei Kälbern.

Auch Kälber werden zuweilen von der Mahrt geritten.
Sie verlieren dann allen Appetit und mögen selbst die
fetteste Milch nicht saufen; vor Angst schwitzen sie so stark,
daß ihr Leib des Morgens oft ganz naß ist. Wenn der
Landmann diese Wahrzeichen an den Kälbern bemerkt, dann
weiß er genau Bescheid, denn „be het be Muhr räden".

Mündlich aus verschiedenen Teilen der Insel.

XII.

Irrlichter.

104.
Irrlichter auf Rügen.

Wenn man des Abends oder Nachts über Kirchhöfe, Wiesen oder sumpfige Gegenden geht, so sieht man wohl oft kleine Lichterchen auf dem Erdboden, die bald hell aufflammen, bald nur schwach glimmen, die einmal hier auftauchen und bald an einer anderen Stelle sichtbar werden. Diese Flämmchen sind allgemein bekannt unter dem Namen Irrlichter.

Was die Entstehung der Irrlichter betrifft, so glaubt man allgemein, daß es brennendes Geld sei. Wenn man das Glück hat, die Flamme zu löschen, so kann man sich ungehindert des Geldes bemächtigen, und gewöhnlich findet man eine hübsche Summe bereit liegen. Am leichtesten läßt sich die Flamme auslöschen, wenn man irgend ein Kleidungsstück, entweder den Rock oder die Mütze, darüber wirft.

Aber ein solcher Versuch gelingt nur in den seltensten Fällen, und viele Menschen, die sich darauf eingelassen haben, mußten es nachher bitter bereuen. Denn sobald jemand auf ein solches Irrlicht losgeht, so bewegt sich dasselbe vom Flecke und lockt den Menschen immer hinter sich her, über Steine und Gräben, über Sümpfe und Wiesen fort. Plötzlich erlischt das Irrlicht, und der Mensch sinkt bis ans Knie in den Sumpf, daß er nicht ohne fremde Hülfe wieder herauskommen kann. Diese kann ihm aber erst zu teil werden, wenn der Morgen angefangen hat zu grauen.

Andere glauben, die Irrlichter seien die Seelen kleiner Kinder, welche vor der Taufe gestorben sind.

Mündlich.

XIII.

Der Tod.

105.

Der Tod und der Besenbinder.

Es war einmal ein Besenbinder, der lebte in recht ärmlichen Verhältnissen und hatte dabei eine große Zahl von Kindern zu ernähren. Als ihm nun wieder ein Kind geboren war, suchte er nach einem reichen Manne, um denselben zum Paten einzuladen. Die reichen Leute wollten aber nicht bei dem Kinde eines so armen Mannes Pate sein, und als sich der Besenbinder nun an die armen Leute mit seiner Einladung wendete, schlugen diese es ihm auch ab, weil er zu ihnen nicht zuerst gekommen war. Da wurde der Mann ganz traurig, und er beschloß, den ersten besten, der ihm auf der Landstraße begegnen würde, als Paten zu bitten. Es dauerte auch nicht lange, so hatte er einen solchen gefunden; das war aber kein anderer als der Tod.

Als nun das Kind getauft war, sprach der Tod zu dem Besenbinder: „Ein Patengeschenk kann ich dir nicht geben, aber ich will dich dafür eine Kunst lehren, die dich zum reichen Manne machen kann. Gieb also genau acht. Du kannst mich bei jedem Kranken finden: entweder stehe

ich zu seinen Häupten oder zu seinen Füßen. Siehst bu
mich zu seinen Füßen stehen, so wird der Kranke gesund
werden, und wenn es scheinbar noch so schlecht mit ihm stehen
sollte. Siehst bu mich aber zu seinen Häupten, so ist dem
Kranken nicht mehr zu helfen." Diese Lehre machte sich der
arme Besenbinder zu nuße, und es dauerte nicht lange, so
war er ein berühmter Arzt, der von weit und breit Zu-
lauf hatte.

Da begab es sich, daß der Besenbinder selbst sterben
sollte. Er sah den Tod zu seinen Häupten stehen und mußte
nun ganz genau, wie es mit ihm stand. Aber er mußte
auch ein Mittel, um die Absicht des Todes zu vereiteln.
Er rief nämlich vier Knechte herbei, die mußten ihn umbrehen, und als der Tod seinen Standpunkt nun auch ver-
änderte, ließ sich der Besenbinder wieder umbrehen, und so
fort, bis der Tod dieser Sache endlich überdrüssig wurde
und abging. Im Abgehen aber sagte er drohend: „Ich will
gerne alles thun, aber niemals wieder einen Arzt meine
Kunst lehren."

Mündlich aus Trent.

106.

Eine Hellseherin.

Solche Leute, welche zu einer Zeit geboren sind, wo in
der Kirche das heilige Abendmahl erteilt wird, können mehr
sehen als andere Menschenkinder. Im Witwenhause zu Trent
lebte auch eine solche Frau, die mußte immer acht Tage
vorher, wenn jemand starb, auch wenn der Betreffende nicht
in dem Kirchspiel wohnte. — Nun befindet sich in Trent
das Erbbegräbnis einer alten abligen Familie, welche ihren

Wohnsitz in Putbus hat; starb hier ein Mitglied der Familie, so ward die Leiche jedesmal nach Trent geschafft und im dortigen Gewölbe beigesetzt. So oft aber ein solcher Fall eintrat, sagte die Alte regelmäßig einige Tage vorher zu dem Küster: „'T kümmt bald wat öwer Land, un 't is 'n bäten mihr as all' Dag'!" — Wenn man sie fragte, wie sie das voraussagen könne, gab sie stets unbestimmte oder ausweichende Antworten. Nur einmal hat sie jemand, der sie darnach fragte, geantwortet, daß es ihr zu Füßen läge, wie ein Maulwurfshügel.

Mündlich aus Trent.

XIV

Wiedererscheinende Tote, Gespenster und Spukerscheinungen.

107.

Eine Verstorbene holt sich ein ordentliches Totenhemde.

Auf Ummanz lebte vor Jahren eine tüchtige Pächters=
frau, welche in ihrem Leben fleißig gesponnen und das Ihrige
sorgsam zu Rate gehalten hatte. Als sie starb, zogen die
habgierigen Verwandten ihr ein Hemd an, welches nur einen
Ärmel hatte. Da hörte man des Abends, als die Leute in
der Stube beisammen saßen und spannen, ein eigentümliches
Geräusch vor dem Fenster, und gleichzeitig sah man eine
Gestalt mit einem weißen Laken, die sprach:

Rauh, rauh, rauh!
Du kriegst bloß'n Hemb mit eener Mauj.

Alle erschraken, mußten aber sofort, worauf das hinaus=
ging. Man legte daher am folgenden Abend ein neues voll=
ständiges Hemde vor das Fenster. Dasselbe war am anderen

Morgen verſchwunden, und ſeitdem hat ſich die Tote nicht
wieder gezeigt.

Mündlich durch Conrektor P. Grützmacher.

108.

Die Toten auf dem Trenter Kirchhofe.

Eine Frau, welche kürzlich Witwe geworden war, hatte
auf dem Pfarrhofe zu Trent gewaſchen. Als ſie abends
nach Hauſe ging, führte ſie ihr Weg über den Kirchhof.
Unwillkürlich mußte ſie an die Verſtorbenen denken, und leiſe
flüſterte ſie vor ſich hin: „Wie ruht ihr hier ſo friedlich und
ſanft!“ Da antwortete plötzlich eine Stimme aus den
Gräbern: „Aber nicht alle.“

Mündlich aus Trent.

109.

Eine ruheloſe Seele erſcheint in Geſtalt einer Taube.

Im Witwenhauſe zu Schaprode wohnte eine alte Frau,
welche oft bis ſpät in die Nacht hinein in ihrem Kämmerlein
ſaß und ſpann; zuweilen wurde es Mitternacht und darüber
hinaus, bevor ſie zu Bette ging. Eines Nachts, als eben
die Mitternachtsſtunde geſchlagen hatte, bemerkte das alte
Mütterchen plötzlich, wie eine weiße Taube im Zimmer war
und emſig um ſie herumflatterte; als es ein Uhr ſchlug, ver-
ſchwand die Taube unter dem Fußboden. Dieſelbe Erſchei-
nung zeigte ſich dann noch öfter, allmählich kam ſie regelmäßig jede Nacht. Das Mütterchen ängſtigte ſich nun zwar
keineswegs vor der Taube, aber da ſie jetzt jede Nacht erſchien, erzählte ſie die Geſchichte dem Küſter, und von dieſem
erfuhr ſie der Paſtor. Beide waren alte gottesfürchtige

Männer und beschlossen, den Spuk im Namen Gottes zu bannen.

An einem Sonntagabend begaben sie sich in das Haus der alten Frau, um dieser Gesellschaft zu leisten. Als es zwölf Uhr schlug, ließ sich ein Summen hören, und bald darauf war die Taube da. Die alte Frau und der Küster beteten ein leises Vaterunser, der Pastor aber rief: „Alle guten Geister loben Gott den Herrn." Da ertönte plötzlich ein lauter Knall, und die Taube verschwand im Erdboden. Still reichten sich die Anwesenden die Hände, und nachdem der Pastor noch ein Gebet für die Seele des nach Ruhe suchenden Verstorbenen gebetet hatte, trennten sie sich. Am anderen Morgen wurde der Fußboden der Kammer aufgerissen, und an der Stelle, wo die Taube verschwunden war, fand sich ungefähr drei Fuß tief im Erdboden ein menschliches Gerippe; dasselbe lag so, daß der Kopf nach Westen und die Füße nach Osten lagen. Dadurch wurde es nun auch erklärlich, weshalb der Tote keine Ruhe hatte finden können. Die Gebeine wurden in einen Sarg gelegt und dieser auf dem Kirchhofe beigesetzt, aber so, daß nunmehr der Kopf nach Osten und die Füße nach Westen gerichtet waren. Von der nächtlichen Erscheinung aber hat die alte Frau seitdem nie wieder etwas wahrgenommen.

Mündlich aus Trent.

110.

Spuk bei Poseritz.

In der Nähe von Poseritz, zur Linken der Landstraße, welche nach Altefähr führt, liegt ein großes Torfmoor. Dort hat seit alter Zeit der Teufel sein Unwesen getrieben, und viele Menschen, die in der Nähe wohnten oder die Landstraße zur Nachtzeit benutzen mußten, haben mit dem Spuk zu thun gehabt. Das hat so lange gewährt, bis sich vor einigen Jahrzehnten ein Pastor aus Poseritz der Sache annahm und den Teufel ein für allemal gebannt hat. Seitdem hat sich der nächtliche Spuk nicht wieder sehen lassen.

Mitgeteilt von Chr. Jasmund in Bergen. — Vgl. Dalmer: Wur M. Geist ut Poseritz den Düwel utdreben häb ut be hollen Wege. Stralsund 1868. Abgedruckt in: Dre Rügensche Lööschens, vertellt in Rügensch Plattbütsch. 2. Uplage. Stralsund 1872.

111.
Spuk zu Carnitz.

Im Carnitzer Schlosse zeigt sich zuweilen eine weiße Frau, welche ein großes Schlüsselbund in der Hand trägt. Sie geht treppauf, treppab und durch alle Gänge und Zimmer. Die Dienstmädchen haben die Spukgestalt oft genug gesehen; sie zeigt sich besonders häufig, wenn die Gutsherrschaft verreist ist. Das Erscheinen der weißen Frau ist um so wunderbarer, als das Schloß erst vor sechzig Jahren neu durchgebaut ist.

Mündlich aus Gingst.

112.
Der Spuk in den Sehser Tannen.

Vor einer Reihe von Jahren wurde ein Mann aus Mölln-Medow, der seine eigenen Kinder ums Leben gebracht hatte, in den Sehler Tannen hingerichtet und sein Leichnam daselbst eingescharrt. Der Mann kann aber in der Erde keine Ruhe finden, und Nacht für Nacht wandelt er, in ein weißes Laken gehüllt, in den Tannen umher. Viele Leute,

welche die durch die Tannen führende Landstraße zur Nacht=
zeit benutzten, haben ihn dort gesehen; meist geht er vorne
an in den Tannen neben der Landstraße her; das schauer=
lichste aber ist, daß er mit dem Wanderer immer gleichen
Schritt hält. Wenn die Tannen zu Ende sind, macht er
Kehrt.

**Mündlich aus Mölln = Medow. — Der Tagelöhner Friedrich
Lübers ermordete am 21. April 1844 seine beiden Kinder, zwei
Knaben im Alter von 9 und 5 Jahren, in den Sehler Tannen
und wurde am 14. Februar 1847 ebendort hingerichtet.**

113.
Spuk in den Kaiseritzer Weiden.

An der Landstraße, welche von Bergen nach Zirkow
und Mönchgut führt, stehen in der Nähe von Kaiseritz zu
beiden Seiten des Weges alte Weidenbäume, welche zum
Teil schon sehr verkrüppelt sind. In diesen Weiden soll sich
des Nachts häufig ein Spuk zeigen, welcher Menschen und
Pferde in Schrecken setzt. Und so ist es schon von alter Zeit
her gewesen; selbst die ältesten Leute wissen es nicht anders,
als daß „de Kaiseritzer Wieden" immer in Verruf gewesen
sind. Eine alte Frau, welche den Weg durch die Kaiseritzer
Weiden oft zur Nachtzeit machen mußte, erzählte, daß sie
dort an einer bestimmten Stelle immer einen Mann ohne
Kopf habe sitzen sehen. — Eine andere Frau, welche eines
Abends von Kaiseritz nach Bergen ging, bemerkte plötzlich,
als sie in die Nähe der Weiden kam, daß eine tierähnliche
Gestalt auf dem zur Seite der Landstraße laufenden Fuß=
steige neben ihr herging, während sie selbst die Mitte der
Straße hielt. Der Spuk verließ sie nicht eher, als bis sie
dicht vor Bergen angekommen waren; dann war er plötzlich

verschwunden. — Noch andere Leute erzählen, daß ein früherer Besitzer von Kaiseritz, welcher einst einen Mann an der Stelle erschlagen und sich nachher von dem Morde abgeschworen hat, dort als Spukgestalt umgehe.

Mündlich aus Bergen.

114.

Die Spukbrücke bei Ubars.

Auf der Grenze zwischen Ubars und Granskevitz befand sich früher eine alte Brücke, welche im Laufe der Zeit schon recht morsch geworden war. Bei dieser Brücke will man häufig einen Spuk in Gestalt eines schwarzen Hundes ohne Kopf gesehen haben. Wenn in der Mitternachtsstunde ein Fuhrwerk über die Brücke fuhr, lief der Hund stets neben dem Wagen her und darauf an den Pferden vorbei. Die Pferde aber waren dann nicht zu halten, sondern gingen regelmäßig durch. Deshalb hat auch niemand um die angegebene Zeit über die verrufene Brücke fahren wollen.

Mündlich aus Schaprode.

115.

Spukerscheinung bei Heide auf Ummanz.

Wenn man von Heide auf Ummanz nach dem Gutshofe Ummanz geht, kommt man über eine Brücke, an welcher man allnächtlich eine eigentümliche Spukerscheinung erblickt. Auf jeder Seite von dieser Brücke befindet sich je eine hohe Pappel, und in einer dieser Pappeln kann man jede Nacht eine Frau sitzen sehen, welche ein Spinnrad vor sich stehen hat und spinnt.

Mündlich aus Gingst.

116.

Der Spuk in Spyker.

In Spyker, der alten Besitzung der Wrangels, ist es nicht richtig. Im Turm da spukt es. Als sie ihn bauten, heißt es, fiel er immer über Nacht ein, bis sie einen Menschen einmauerten. Der geht nun um. Nach anderen ist daselbst ein unheimliches Gemach, da ist einer zu Tode gekommen, und der ist es, der umgeht.

W. Schwartz in den Verhandl. der Berl. Ges. für Anthrop. 1891 S. 456.

117.

Das nächtliche Licht bei Wiek.

Wenn man des Nachts von Wiek nach Kuhl geht — Kuhl ist ein kleines Gehöft, in welchem nur ein Schmied und zwei Schiffer wohnen — so hat man dicht hinter Wiek ein kleines hellbrennendes Licht als Begleiter, welches immer dicht nebenher läuft. Dasselbe folgt dem nächtlichen Wanderer bis zu der Brücke, welche über die „Fuulbäk" führt; dort macht es Halt. Kommt man zurück, so wartet das Licht schon an der Brücke und leuchtet wieder neben dem Wege her bis dicht vor Wiek.

Mitgeteilt aus Gingst.

118.

Der Schäfer in der Busserhürn.

Ein Schäfer ging eines Abends von Kuhl, wo er seine Braut besucht hatte, nach Lüttkevitz. Auf dem Wege, den er in stockdunkler Nacht machen mußte und der ihn an der

8*

verrufenen „Bullerhürn" vorbeiführte, bachte er an seine
Braut und hielt leise Zwiesprache mit ihr von dem zu=
künftigen Glücke.   So sagte er auch unter anderem:

Wenn wi uns hebben,
Köpen wi uns 'ne Koh.

Plötzlich hörte er Schritte hinter sich, und eine rauhe
Stimme rief:

Wenn wi uns hebben,
Stählen wi uns 'n Borrefatt borto.

Der Schäfer erschrak heftig, aber der Gedanke an seine
Liebste flößte ihm Mut ein, und er erwiderte:

Wenn wi uns hebben,
Köpen wi uns 'n Goren.

Sogleich aber fuhr die Stimme fort:

Wenn wi uns hebben,
Sall dat Hus nich lang of wohren.*)

Und nun wurde der Schäfer von einer unsichtbaren
Gewalt vom Wege abgedrängt; er geriet auf die nahen
Wiesen, über den Hürngraben, der in die Bullerhürn fließt,
und weiter an dem Rabumpenloche, einem versumpften
Brunnen, vorbei in das sumpfige und moorige Gelände,
wo die Irrlichter (die Seelen der Selbstmörder, die sich hier
ertränkt haben) ihr neckisches Spiel mit ihm trieben. Er
mußte bald auf den Hacken, bald auf den Zehen, bald nach
rechts, bald nach links gehen, und als er endlich den Mut
faßte, sich umzusehen, erhielt er eine mächtige Ohrfeige, daß
ihm Hören und Sehen verging. Zum Glück war jetzt die
Geisterstunde zu Ende, und so konnte der Schäfer denn auch
bald den rechten Weg wiederfinden, auf welchem er, wenn

---

*) Das Haus soll nicht lange auf sich warten lassen.

auch halbtot und mit mehrstündiger Verspätung, sein Ziel erreichte.

Mitgeteilt von Lehrer A. Pennse.

119.

Spuk bestraft ein Mädchen mit dem Tode.

Auf einem Gute in der Nähe von Trent machten sich die Mädchen eines Abends graulich. Ein Mädchen aber, welches sich besonders fürchtete, bat schließlich, davon abzustehen. Ein anderes Mädchen ließ sich jedoch keineswegs darin stören, sondern kroch unter das Bett und rief fortwährend: Hu hu hu! Endlich legte sie sich zur Ruhe nieder. Als sie eine Weile gelegen hatte, fing etwas an, an der Bettdecke zu ziehen. Das Mädchen, welches mit ihr im Bette schlief, dachte, es wäre ihre Genossin, die sich am Abend vorher sosehr gegraut hatte. Aber die war es nicht, und niemand wußte, wer an dem Bette ziehen könne. Die beiden Mädchen wachten die ganze Nacht hindurch, aber sie konnten das Bett kaum festhalten, immer wieder wurde daran gezogen. Am anderen Morgen mußten sie sich reine Hemben anziehen; sosehr hatten sie sich geängstigt. — Ähnlich wie in dieser Nacht, ging es noch ein paar Nächte hindurch. Da nahmen sie einen Schäfer mit einem großen Hunde zur Nacht mit ins Zimmer, ob der vielleicht etwas sehen oder finden könnte. Auch diese Nacht wurde wieder an dem Bette gezogen. Nun stand der Schäfer auf und durchsuchte das ganze Haus. Endlich fand er seinen Hund hinter einer Lade sitzend und furchtbar winselnd: kaum aber hatte der Schäfer die Thür geöffnet, so nahm der Hund mit gesträubten Haaren Reißaus. Am anderen Morgen starb das Mädchen,

welches ihre Genossin graulich gemacht hatte, indem sie sich
in die Gewinde der Buttermaschine verfing und zu Tode
drehte. Von der Zeit an hatten die andern Mädchen Ruhe.

Mündlich aus Freesen.

120.

Einem Gespenste darf man nicht aus dem Wege gehen.

I.

Wenn man einem Gespenste begegnet, so darf man ja
nicht umkehren, sondern muß ruhig seinen Weg fortsetzen.
Sonst kann es einem schlecht bekommen. Das lehrt die
folgende Geschichte.

Ein Mädchen aus dem Armenhause in Trent ging eines
Nachts über den Kirchhof, da begegnete ihr ein Gespenst.
Hierüber erschrak das Mädchen sosehr, daß sie umkehrte.
Das Gespenst folgte ihr nun Schritt für Schritt nach, ja
es kam mit in das Haus und in die Stube. Das Mädchen
wußte vor Angst nicht, was sie thun sollte. Endlich legte
sie sich zu Bette. Da sprang das Gespenst auch auf das
Bett hinauf. Nun zog das Mädchen ihre Füße so nahe an
sich, als sie nur konnte, und so verbrachte sie eine angstvolle
Nacht bis drei Uhr morgens, wo das Gespenst verschwand.
Als das Mädchen nun aufstehen wollte, konnte sie ihre Füße
nicht wieder gerade strecken und mußte ihr ganzes Leben mit
krummen Füßen verbringen. Das war die Strafe dafür,
daß sie vor dem Gespenste umgekehrt war.

Mündlich aus Trent.

II.

Ein Totengräber ging eines Abends spät über den Kirchhof. Plötzlich sah er eine weiße Gestalt an sich vorbei-

huschen; er drehte schnell den Kopf darnach um, erhielt aber in demselben Augenblicke eine derbe Ohrfeige, infolge deren sein Kopf schief sitzen blieb.

Mündlich aus Trent.

121.
Der erlöste Spuk.

Einige Männer waren einst auf dem Wege von Gingst nach Trent. Unterwegs kamen sie an einen Kreuzweg, da fanden sie etwas Weißes auf dem Wege liegen. Einer der Männer hob es auf, aber da hing es plötzlich wie Zentnerlast auf seinem Buckel, und er mußte die Last bis dicht vor Trent tragen. Dann sprang es von seinem Rücken ab, und vor ihm standen ein Knabe und ein Mädchen in weißen Gewändern. Die sprachen: „Du hast uns erlöst," und weg waren sie.

Mündlich.

XV

Untergegangene Städte, Burgen, Schlösser und Kirchen.

122.
Die untergegangene Stadt Carow.

In der Nähe des Carower Sees, zwischen Götemitz und Muhlitz, soll in früheren Zeiten eine Stadt namens Carow gelegen haben; die ist aber schon lange vor Menschengedenken zu Grunde gegangen. Nur der Name ist übrig geblieben, denn der See soll nach der Stadt benannt worden sein. Manche wollen auch wissen, daß einige Obstbäume, welche am Rande des benachbarten Gehölzes stehen, aus den Obst= gärten der ehemaligen Stadt übrig geblieben seien.

Mündlich.

123.
Prinzessin Svanvithe.

Bei der Stadt Garz, da, wo jetzt der Wall über dem See ist, hat vor vielen tausend Jahren ein großes und schönes Heidenschloß gestanden nebst herrlichen Häusern und Kirchen, worin die Heiden ihre Götzen gehabt und angebetet haben. Dieses Schloß haben vor langer, langer Zeit die Christen eingenommen, die Heiden tot geschlagen und alles mit Feuer verbrannt.

Damals lebte in bem Schlosse ein alter Heidenkönig, welcher sich von seinen unermeßlichen Schätzen nicht trennen konnte. Daher vergrub er sich tief unter der Erde in einem schönen Saale, welcher aus eitel Marmelsteinen und Kryställen erbaut war. Hier hat er noch viele hundert Jahre gelebt, nachdem das Schloß zerstört war; denn man sagt, die Menschen, welche sich zu sehr an Gold und Silber hängen, können vom Leben nicht erlöst werden und sterben nicht, wenn sie Gott auch noch so sehr um den Tod bitten. So lebte der alte, eisgraue Mann noch viele, viele Jahre und mußte sein Geld bewachen, bis er ganz dürr und trocken ward, wie ein Totengerippe. Da ist er denn endlich gestorben. Zur Strafe aber wurde er in einen schwarzen mageren Hund verwandelt und muß als solcher bei den Goldhaufen liegen und sie bewachen. Nur des Nachts zwischen zwölf und ein Uhr kommt er auf die Erde, und manche haben ihn gesehen, wie er als graues Männlein mit einer schwarzen Pudelmütze auf bem Kopf und einem weißen Stock in der Hand umgeht.

Nun begab es sich lange nach diesen Tagen, daß in Bergen ein König von Rügen wohnte, der hatte eine wunder= schöne Tochter mit Namen Svanvithe. Die war die schönste Prinzessin weit und breit, und es kamen Könige und Fürsten und Prinzen aus allen Landen, die um die schöne Prinzessin warben. Unter diesen befand sich der Prinz Peter von Dänemark, ein über die Maßen feiner und stattlicher Mann, welcher Svanvithes Liebe gewann. Schon hatten sich beide

verlobt, und bald sollte Hochzeit werden. Da verbreitete
ein Prinz aus Polen, der sich lange vergeblich um die Hand
der Prinzessin beworben hatte, das Gerücht, Svanvithe sei
keine züchtige Prinzessin und habe manche Nacht bei ihm ge-
schlafen. Nun reisten alle Freier und auch der Prinz von
Dänemark plötzlich ab. Svanvithes Vater aber ergrimmte
so sehr in seinem Herzen, daß er seine Tochter hart züchtigte,
ihr Haar zerraufte und sie in ein finsteres Gefängnis sperren
ließ, damit seine Augen sie nimmer zu sehen bekämen.

In dem Gefängnis saß Svanvithe wohl an drei Jahre,
da dachte sie an die Sage vom Heidenkönig im Garzer
Schloßwall und wie dieser erlöst werden könne. Wenn
nämlich eine Prinzessin, welche noch eine reine Jungfrau ist,
den Mut hat, in der Johannisnacht zwischen zwölf und ein
Uhr nackt und einsam den Wall zu ersteigen, so wird sie,
immer rückwärts gehend, an die Stelle kommen, wo der
Eingang zu der unterirdischen Schatzkammer liegt, und alsbald langsam in die Tiefe hinabgleiten. Dort unten aber
kann sie sich von den Herrlichkeiten auslesen, was sie will,
und bei Sonnenaufgang an das Tageslicht zurückkehren.
Was sie aber nicht selbst tragen kann, das muß ihr der
alte Geist mit seinen Gehülfen nachtragen. Doch darf sie
sich während dieser ganzen Zeit nicht umsehen und auch kein
Sterbenswörtchen sprechen.

Dieses Wagestück wollte nun die Prinzessin unternehmen
und dadurch ihrem Vater und aller Welt beweisen, daß sie
unschuldig und von dem polnischen Prinzen verleumdet sei.

Als ihr Vater ihr die Erlaubnis erteilt hatte, das
Gefängnis zu verlassen, und der Johannistag herangekommen
war, begab sie sich nach Garz. In der Nacht aber, als es
vom Garzer Kirchturm zwölf geschlagen hatte, betrat sie

einsam den Wall, that ihre Kleider von sich und nahm eine
Johannisrute in die Hand, mit welcher sie hinter sich schlug.
Nachdem sie eine Weile rückwärts geschritten war, that sich
die Erde unter ihren Füßen auf, und sie sank langsam und
sanft in die Tiefe, bis sie in ein schönes, von tausend Lichtern
erleuchtetes Gemach kam. Die Wände desselben blitzten von
Marmor und diamantenen Spiegeln, und der Fußboden war
ganz mit Gold und Silber und Edelsteinen bedeckt. In der
hintersten Ecke saß in einem goldenen Lehnstuhl das kleine
graue Männchen, das ihr freundlich zunickte. Sie aber winkte
ihm nur leise mit der Hand, und alsbald erschien statt seiner
eine lange Schar prächtig gekleideter Diener und Dienerinnen,
welche sich ebenso wie die Prinzessin von dem Gold und den
Edelsteinen nahmen, soviel sie tragen konnten. Dann trat
Svanvithe den Rückweg an, und alle Diener und Dienerinnen
folgten ihr. Schon war sie viele Stufen hinaufgestiegen und sah
schon das dämmernde Morgenlicht und hörte schon den Lerchen=
gesang, da ward es ihr bange, ob die Diener und Dienerinnen
ihr auch folgten. Und sie sah sich um. Aber was erblickte
sie? Der kleine graue Mann verwandelte sich plötzlich in
einen großen schwarzen Hund, und der sprang mit feurigem
Rachen und funkelnden Augen auf sie los. Und sie entsetzte
sich sehr und rief: „O Herr Je!" Kaum hatte sie das ge=
sagt, so schlug die Thür über ihr mit lautem Knalle zu, die
Treppe versank, und alle Lichter erloschen. Svanvithe aber
war wieder unten am Boden und konnte nicht heraus. Dort
unten sitzt sie nun schon viele hundert Jahre und muß dem
alten Könige seine Schätze hüten helfen.

Sie kann aber, sagt man, erlöst werden, wenn einer
es wagt, auf dieselbe Weise, wie sie einst in der Johannis=
nacht gethan hat, in die verbotene Schatzkammer hinab=

zufallen. Dieſer muß ſich dann dreimal vor ihr verneigen, ihr einen Kuß geben, ſie an die Hand faſſen und ſie ſtill herausführen; denn kein Wort darf er bei Leibe nicht ſprechen. Wer ſie herausbringt, der wird mit ihr in Herr= lichkeit und Freuden leben und ſo viele Schätze haben, daß er ſich ein Königreich kaufen kann.

Schon viele haben es verſucht, die Prinzeſſin zu erlöſen, aber keinem iſt es bisher gelungen. Die Leute erzählen, der greuliche ſchwarze Hund ſei an allem ſchuld: denn wenn man ihn anſehe, ſo müſſe man aufſchreien, und dann ſchlage die Thür zu und die Treppe verſinke und alles ſei wieder vorbei.

Nach Arndt: Mährchen und Jugenderinnerungen I S. 10 ff. — In Bezug auf den Namen Svanvithe mache ich darauf auf= merkſam, daß nach der ſkandinaviſchen Wölundurs-Saga eine der drei Spinnerinnen, die die Königsſöhne aus Finnland antreffen, den Namen Hlabgur Swanhvit führt.

124.
Das verſunkene Schloß Sarpin.

In der Nähe der Oberförſterei Ketelshagen bei Putbus liegt eine etwa 25 Morgen große Wieſe, mit Namen Sarpin oder Sappin. Bis zum Jahre 1848 hat an Stelle der Wieſe ein durch Fiſchreichtum ausgezeichneter See gelegen, welcher damals aber abgelaſſen wurde. An der weſtlichen Seite dieſes ehemaligen Sees liegen die letzten Reſte eines Burgwalles, deſſen Ausſehen ſich im Laufe der letzten Jahre ſehr verändert hat. Einmal ſind große Maſſen von Felſen aus dem Walle entnommen worden, und ſodann hat die Forſtverwaltung einen Teil desſelben abtragen laſſen. Über den Sarpin giebt es folgende Sage.

Vor vielen Jahren hat auf dem Sarpin ein großes, prächtiges Schloß gestanden, das Schloß „Sarpin". Dasselbe ist aber in einer Nacht ganz plötzlich in die Erde versunken, ohne daß je wieder eine Spur davon sichtbar geworden wäre. Warum das Schloß versunken ist, das weiß eigentlich kein Mensch mehr so recht zu sagen; nur daß die Bosheit der Schloßbewohner daran schuld gewesen, steht sicher fest.

Als im Anfange dieses Jahrhunderts die Insel Rügen von den Franzosen besetzt wurde, erschien in Garz ein französischer Offizier mit einem Einquartierungsbillet, welches auf „Schloß Sarpin" lautete. Man bedeutete ihm, daß ein solches Schloß nicht vorhanden sei. Da zog der französische Offizier eine alte Karte hervor, und auf derselben stand „das Schloß Sarpin" verzeichnet. Nun erinnerte man sich auch der alten Sage. Der Offizier aber wurde mit seinen Leuten in Putbus einquartiert.

Mündlich aus Oberförsterei Ketelshagen. — Zwei andere Sagen vom Sarpin finden sich in der Sundine 1841 S. 231 und Balt. Studien 14, 2 S. 127 f.

125.

Der Nonnensee bei Bergen.

I.

Vor vielen hundert Jahren war an der Stelle, wo heutzutage der Nonnensee liegt, ebenes festes Land, und mitten darin stand ein großes Nonnenkloster. Die Nonnen des Klosters waren sehr reich, sodaß alle ihre Gerätschaften aus lauterem Golde verfertigt waren; aber sie waren auch so geizig, daß sie keinem Bettler, der bei ihnen vorsprach, etwas gaben. Der Reichtum machte sie allmählich immer übermütiger, und als sie zuletzt gar große Mengen Salz auf die Erde streuen ließen, um im Sommer Schlitten fahren zu können, da nahm es mit ihrer Herrlichkeit ein jähes und schreckliches Ende. Das Kloster versank in einer Nacht (nach anderer Überlieferung an einem Pfingstsonntag) in die Tiefe, sodaß man niemals wieder eine Spur davon gesehen hat; denn alsbald bildete sich ein See, welcher die ganze Umgebung des früheren Klosters überflutete. Nur am Oster= morgen oder, wie andere sagen, am Pfingstmorgen kann man Glockengeläut und klagende Stimmen aus der Tiefe des Sees heraustönen hören. Auch erzählt die Sage, daß das Wasser des Sees von den vielen Thränen der armen versunkenen Nonnen salzig geworden sei.

Des Nachts aber ist es am Ufer dieses Sees nicht ge= heuer, und Leute, welche die hier vorüberführende Landstraße von Bergen nach Patzig gehen müssen, suchen es zu vermeiden, bei Nachtzeit diesen Weg zu machen.

Mündlich und durch Conrektor P. Grützmacher. Vgl. unten Nr. 131, Temme Nr. 171 und Wackenrober S. 38. Der letztere berichtet, daß „an dem Orte, wo der stehende See unter Bergen zu finden, vor alters ein Schloß gestanden, welches darin ver= sunken sein soll."

II.

Am Nordende des Nonnensees, dem Dorfe Parchtitz gegenüber, liegt eine Erhöhung in Gestalt einer Redoute oder Feldschanze. Von dieser erzählt man, es habe dort vor alters eine Kapelle gestanden, welche dem Berger Kloster gehört habe. Dessen Eigentum sei auch der See gewesen, welcher daher seinen Namen erhalten habe.

Indigena S. 117.

126.

Der Licham.

Westlich von Ralswiek in der Nähe von Gnies liegt
ein uralter Grabhügel, einer der größten auf Rügen, welcher
ben Namen Licham b. i. Leichnam führt. An der Stelle,
wo dieses Grab liegt, soll in früheren Zeiten einmal eine
Stadt oder ein Ort gelegen haben, welcher den Namen Licham
geführt hat. Wann und wie derselbe untergegangen ist, das
weiß man jedoch nicht mehr.

Mündlich aus Ralswiek.

127.

Arkona.

Arkona soll in alten Zeiten, als noch die ganze Insel
dem Heidentum anhing, eine große blühende See- und
Handelsstadt gewesen sein, deren Schiffe durch alle Meere
des Nordens fuhren. Als aber die Dänen ins Land kamen,
zerstörten sie die reiche Stadt und mit ihr den Tempel des
Swantevit, welcher die Stadt bis dahin beschützt hatte. Nach
anderer Erzählung verschlang eine große Flut die Stadt mit
all ihrer Herrlichkeit, sobaß nichts von ihr übrig blieb. Noch
andere wiederum meinen, ein Erdbeben habe die Stadt ins
Meer gestürzt. Auch erzählt man von einem großen unterirdischen Gange, der von Arkona aus landeinwärts geführt habe.

Zuweilen aber taucht die ehemalige Stadt aus dem
Meere empor und wird wie ein Nebelbild über der Oberfläche sichtbar. Das soll besonders kurz vor Sonnenaufgang
geschehen, und manch einem ist es schon beschieden gewesen,
die Stadt mit ihren prächtigen Häusern, breiten Straßen

und hohen Türmen zu sehen. Dann sagen die Leute in der
Umgegend: die Stadt „wafelt". Übrigens soll diese Er=
scheinung regelmäßig alle 7 Jahre wiederkehren. Andere
erzählen, man könne regelmäßig an jedem Ostermorgen die
Glocken der ehemaligen Stadt unter dem Wasser läuten hören.

Mündlich aus Breege. — Die Sage ist offenbar dadurch ent=
standen, daß man auf Wittow das Schauspiel der Fata Morgana
besonders häufig beobachten kann. Von einem Bewohner des
Dorfes Breege hörte ich, wie derselbe einmal an einem Herbstmorgen
ein solches Bild von seltener Schönheit gesehen habe, nämlich eine
große Stadt mit hohen Häusern und reichgeschmückten Palästen.
Die Erscheinung, welche ungefähr fünf Minuten dauerte, sei so
deutlich und nahe gewesen, daß er ganz verwirrt und sprachlos
geworden sei. Sein Begleiter, ein ehemaliger Kapitän, der dieselbe
Erscheinung beobachtet hatte, habe gemeint, es müsse Kopenhagen
gewesen sein. — Über „Wafeln" vgl. Blätter für Pom. Bkde. II
S. 141 f. — W. Schwartz erklärt a. a. O. S. 449 „wafeln" mit
„leuchten" und bringt das wafelnde Arkona in Zusammenhang
mit dem alten, indogermanischen Mythus von der im Gewitter in
den himmlischen Wassern versinkenden, gelegentlich aber wieder
heraufkommenden und wafelnden Wolkendonnerburg.

XVI

Glockensagen.

———

128.

Die Glocken in der Budarschen Kirche.

Über die Herkunft der Glocken, welche in der Budarschen Kirche hängen, giebt es folgende Sage:

Vor vielen Jahren badeten einst zwei Knaben am Strande bei dem Dorfe Grabow auf Zudar. Der eine der Knaben legte sein Zeug auf einen aus dem Strandsande hervor-ragenden Gegenstand, welcher nichts anderes war, als der Buckel einer großen schönen Glocke. Sowie der Knabe sein Zeug darauf gelegt hatte, bekam die Glocke Sprache und sagte zu einer zweiten gleichfalls über die Oberfläche hervorschauenden Glocke:

Hanne Susanne,
Wist du mit to Lanne?

Darauf erwiderte die andere:

Ach, ne, Murre Margaret,
Man ümme so beep!

Bei diesen Worten versank die zweite Glocke in die Tiefe, während die andere dadurch, daß der Knabe seine

Kleidung auf dieselbe gelegt hatte, gezwungen wurde, auf
der Oberfläche der Erde zu bleiben.

Sobald sich nun die Nachricht von der Auffindung der
Glocke verbreitet hatte, wollte der damalige Fürst zu Putbus,
der Patron der Zubarschen Kirche, die Glocke nach Vilmnitz
schaffen lassen, um sie in der dortigen Kirche aufhängen zu
lassen. Ein Wagen, mit zwei Pferden bespannt, sollte die
Glocke dorthin schaffen. Anfangs ging die Sache auch sehr
gut, als aber der Wagen an den Bruch kam, welcher die
Grenze der Halbinsel Zubar bildet, konnten die beiden Pferde
die Glocke nicht weiter fortschaffen. Man legte also sechs
und schließlich acht Pferde vor den Wagen, ohne daß die
Sache dadurch geändert wurde.

So sah man sich denn schließlich gezwungen, die Glocke
auf dem Zubar zu lassen. Sie wurde nun in der einzigen,
auf dem Zubar befindlichen Kirche aufgehängt und hat hier
viele Jahre hindurch als Kirchenglocke gedient, bis sie im
Anfange dieses Jahrhunderts infolge der bitteren Kälte
des Winters 1812—13 einen Riß bekam und umgegossen
werden mußte.

Mündlich aus Dorf Zubar.

129.

Glocke wird zu Barnekow gefunden.

Auf der Feldmark von Barnekow bei Lanken stießen einst
die Bauern beim Pflügen auf einen harten Gegenstand. Sie
meinten anfangs, es wäre ein Stein, und fingen an, den=
selben auszugraben. Bald aber sahen sie, daß es eine Glocke
war, und nun holten sie Vorspann, um dieselbe aus der
Erde herauszuziehen. Aber das gelang ihnen nicht, obgleich

sie zuletzt sechzehn Ochsen vorgespannt hatten. Da kam eine feine Dame herzu und gab den Bauern einen seidenen Faden; den zogen sie durch den Ring der Glocke, und nun konnten sie diese mit Leichtigkeit herausziehen. Wo die Glocke später geblieben ist, weiß niemand zu sagen.

Mündlich aus Burtevitz. Mitgeteilt durch Conrektor P. Grützmacher.

130.

Die Glocke zu Bergen.

In der Stadt Bergen auf Rügen lebte einmal ein Glockengießer, dem bisher sämtliche Glocken mißraten waren; da machte sich einmal sein Lehrbursch an die Form und goß eine vortreffliche Glocke. Aus Neid darüber, daß der Guß so schön geraten war, erstach der Meister denselben und vergrub ihn unter dem Schweinskofen seines Hofes. Die Glocke gab er barauf für sein Werk aus und erhielt eine große Summe Geldes dafür. Als man sie aber aufhängte und sie zum ersten Male geläutet wurde, da sang sie:

„Schade, schade,
bat be Jung boot is!
he liggt begraven
unnern Swienskaven,
schade, schade,
bat be Jung boot is!"

Das klang so laut und deutlich, daß es jedermann verstand, aber keiner konnte den Sinn begreifen. „Wat för'n Jung?" fragten die Leute, „wat heet bat von wegen ben Swienskaven, wur be Jung boot liggen sall?" Endlich kam man auf den Lehrjungen des Glockengießers. „Dat mött he sin," sagten die Leute, „wech is he kamen, man weet nich wurhen." Da grub man unter dem Schweinskofen nach, fand die Leiche, und der Mörder erlitt die gerechte Strafe.

A. Kuhn: Sagen aus Westfalen Nr. 395. Vgl. Jahn Nr. 230. — In Bezug auf das Läuten der Glocken herrscht in Bergen folgender Aberglaube: Wenn „mit de grot Klock lürrt ward" — was nur bei Todesfällen in wohlhabenden Familien geschieht — so sterben kurz darauf noch zwei andere Personen, denen gleichfalls mit der großen Glocke zu Grabe geläutet wird.

131.
Die Glocke aus dem Nonnensee bei Bergen.

Vor vielen Jahren stand an der Stelle des Nonnen=sees ein großes Kloster. Aber allmählich wurden die Nonnen übermütig und sündig, sie dachten wenig mehr an Gottes=dienst und Kirchehalten, vielmehr knüpften sie Liebeshändel an mit umwohnenden Rittern und Junkern. Da ergrimmte Gott über sie, in einer finstern Nacht zog ein gewaltiges Wetter herauf, Blitze zuckten, der Donner krachte, und am nächsten Morgen war das Kloster verschwunden. An seiner Stelle flutete ein gewaltiger See, der von den vielen Thränen der versunkenen Nonnen salziges Wasser enthält.

Eines Pfingstmorgens spielten am Ufer des Sees zwei Kinder, ein Knabe und ein Mädchen. Letztere hatte sich beim Spielen ihr Schürzchen naßgemacht und sah sich nun nach einer Stelle um, wo sie sie ausbreiten und trocknen könnte. Da tauchte plötzlich vor den Kindern eine gewaltige Glocke auf und blieb leise klingend dicht am Ufer stehen. Hierauf legte nun das kleine Mädchen ihre Schürze und hatte damit die Glocke festgebannt, daß sie nicht wieder in die Tiefe gleiten konnte. Als sich aber ein Wind erhob und die Glocke etwas vom Ufer abtrieb, schrieen die Kinder, weil sie die Schürze verloren glaubten, und zogen dadurch Leute herbei. Diese eilten nun nach Bergen, verkündeten hier die Geschichte, und die Glocke wurde nun, indem ganz Bergen Vorspann leistete, herausgezogen und in den Berger Kirchturm gebracht, wo sie, die sogenannte große Glocke, noch heute hängt.

Nach mündlicher Mitteilung. Dr. K. Albrecht. Vgl. Nr. 125.

XVII.

Wetter, Gestirne, Luftschiffer.

132.

Das Wetter.

I.

Gutes Wetter wünscht man sich mit folgendem Spruche herbei:

> Lewe Kathrine,
> Lat bei Sünn' schiene!
> Lat den Regen öwergahn,
> Lat de Sünne werre kam'n!
> (Lat'n Spann' mit Water stahn!)

Der Spruch ist auch in folgender Fassung bekannt:

> Lewe Kathrine,
> Lat de Sünne schienen!
> Lat den Regen voröwergahn,
> Dat wi könen buten gahn!

Aus Bergen und Götemitz.

II.

Auch Johanniswürmchen können das Wetter anzeigen; man setzt ein solches Tierchen auf die Hand und fordert es mit folgendem Spruch zum Fliegen auf:

> Sünnskürnken fleeg wech,
> Bring mi morgen goob Wäder,
> Lat 'en Rägen övergahn,
> Lat de Sünnen wedderkam'n,
> Bring mi morgen goob Wäder.

Fliegt der Käfer weg, so geht die Bitte in Erfüllung, sonst giebt es Regen.

Eine andere Fassung des Spruches lautet:

> Sünnskinning, fleeg weg,
> Fleeg nah'n leben Gott!
> Segg em, dat Hei morgen
> Un öwermorgen god Wäre makt!

A. Kuhn II S. 91 und mündlich.

III.

Der Aufgang und Untergang der Sonne soll das Wetter ankündigen nach folgendem Spruche:

> Abenbrot:
> Morgen is't Wäre goob.
> Morgenrot:
> Bliwt 'n ganzen Dag nich goob.
> Abends geel:
> Regen veel.

oder in anderer Fassung:

> Abenbrot:
> Gut' Wetter Bot'.
> Morgenrot:
> Abend Kot.

Mündlich und Sundine 1829 S. 325.

IV.

Wenn unmittelbar nach einem Gewitter, bei welchem es stark geregnet hat, die Sonne durchbricht, dann giebt es gewöhnlich noch ein zweites Gewitter. Denn

> Schient de Sünn' up'n natten Steen,
> Denn kümmt noch een.

Dagegen pflegen die Landleute zu sagen:

> Sünn'-Regen
> Gottes Segen!

Andere behaupten, wenn ein Regenbogen am Himmel sichtbar werde, dann regne es noch drei Tage.

Mündlich.

V.

Wenn der Regen scheinbar nicht aufhören will, pflegt man folgenden Scherzreim herzubeten:

> Laß regnen, was es regnen will,
> Und laß dem Regen seinen Lauf;
> Und wenn's genug geregnet hat,
> Dann hört es auch wohl wieder auf.

Mündlich.

VI.

Gebet beim Gewitter:

> Lewer Gott, lat öwergahn,
> Lat de Sünn' werre kam'n.

Aus Bergen.

133.

Der Mann im Monde.

Beim Anblicken des Mondes, zumal in einer hellen Winternacht, sieht man auf der Oberfläche desselben in un-

deutlichen Umrissen ein Bild, welches zu der Sage vom Mann
im Monde Veranlassung gegeben hat. Ein Mann wollte
Kohl stehlen, und da die Nacht dunkel war, so glaubte er,
niemand könne ihn sehen. Schon hatte er einen ganzen Sack
voll Kohl gestopft und auf den Rücken geworfen, da trat
der Mond hinter dem Gewölk hervor, und der Dieb war
entdeckt. Zur Strafe muß derselbe nun bis in alle Ewigkeit
mit seinem Kohlbündel im Monde hocken. Und das ist keine
geringe Strafe, denn er hat an seiner Bürde schwer zu tragen,
und man sieht deutlich, wie er mit gekrümmtem Rücken und
auf seinen Stock gestützt dasteht.

Nach einer anderen Überlieferung ist im Monde ein
Mann sichtbar, welcher Dornen hackt; einige wollen sogar
die Radehacke sehen können, welche er zu diesem Zwecke in
den Händen hält. Unten am Boden aber steht ein großer
Dornenstrauch.

Mündlich. — Vgl. Blätter für Pom. Vkde. II S. 87.

134.
Die Frau in der Sonne.

Wie im Monde ein Mann zu sehen ist, so ist auf der
Oberfläche der Sonne eine Frau sichtbar, welche am Spinn-
rocken sitzt und spinnt. Man sagt, daß die Frau zur Strafe
in die Sonne versetzt worden ist, weil sie immer am Sonntag gesponnen hat.

Mündlich.

135.
Nordlicht.

Wenn im Frühling ein Nordlicht sichtbar wird, soll sich
der Zug der Heringe durch das Kattegat in die Ostsee be-

geben, und in solchem Jahre pflegt der Heringsfang reich und lohnend zu sein.

Mündlich.

136.

De Dümk.

„De Dümk" war ein kleiner Geist, der sich als Knecht verdingt hatte; er war aber so klein, daß er in dem Ohre eines Pferdes Platz hatte. Wurde nun z. B. gepflügt und der Dümk war dabei, so ging das, „dat be Jrd man so stömte." Einst aber ließ sich der Dümk etwas sehr Straf= würdiges zu schulden kommen, und infolge dessen riefen die Menschen schwere Verwünschungen auf ihn herab. Und die Strafe blieb denn auch nicht aus. Der Dümk wurde als Stern an den Himmel versetzt, und zwar ist es der Stern, welcher zunächst der Krümmung der Deichsel des Wagens steht. Seitdem muß er auf dem Himmelswagen Kutscher spielen; der fährt aber Tag und Nacht, Jahraus und Jahr= ein, sodaß der Dümk jetzt niemals mehr zur Ruhe kommt.

Bei heiligen Versicherungen pflegt man noch jetzt den Dümk anzurufen mit den Worten: „So wohr be Dümk an'n Hewen (Himmel) steht".

Mündlich aus Bergen.

137.

Die Sternschnuppen.

Die Sternschnuppen sind keine wirklichen Sterne, sondern Luftgeister, welche zur Nachtzeit in der Luft herumfliegen. Oft kann man ganz deutlich sehen, wie sie auf die Erde herunterkommen; ja zu Zeiten hat man schon beobachtet, wie ganze Schwärme solcher Geister am Himmelszelte herunter= fahren.

Mündlich.

138.
Der Luftschiffer.

Vor vielen Jahren lebte ein Schiffer, ein alter, er= fahrener Seemann, der viele Meere befahren und fast aller Herrn Länder kennen gelernt hatte. Als er eines Tages wieder auf See war, zog die Sonne gerade Wasser an, und da sich sein Schiff im Bereiche ihrer Strahlen befand, wurde dasselbe mit in die Höhe gezogen. So kam der Schiffer in Gegenden, die ihm gänzlich unbekannt waren, und endlich beschloß er, vor Anker zu gehen. Er ließ die Ankerkette fallen, konnte aber keinen Grund finden; da ließ er eine zweite und endlich eine dritte Kette ansetzen, ohne besseren Erfolg damit zu haben. Während dessen war das Schiff in die Gegend gerade über Rambin gekommen, und als die Bewohner, die eben mit der Ernte beschäftigt waren, das Schiffsanker herunterkommen sahen, banden sie eine Korngarbe daran fest. Inzwischen ließ der Schiffer das Anker, da er keine Kette mehr anzusetzen hatte, wieder in die Höhe winden; als er aber der Korngarbe ansichtig wurde, gelobte er, an der Stelle ein Kloster zu gründen, wo ihm dieselbe aufgesteckt worden war. Das war in Rambin ge= schehen, und als der Schiffer später wieder an Land kam, erfüllte er sein Gelübde und baute das Rambiner Kloster. Zum Andenken an diese That wird noch jetzt ein Schiffs= modell in der Rambiner Kirche aufbewahrt.

Mündlich aus Bergen. Vgl. Jahn Nr. 56.

XVIII.

Tiere, Pflanzen und Mineralien.

———

139.

Alle Tiere sind verwünschte Menschen.

Alle Tiere waren ursprünglich Menschen; später sind sie verwünscht und in Tiere verwandelt worden. Als sie die Tiergestalt angenommen hatten, blieben sie zunächst noch eine lange Zeit Freunde der Menschen, da sie sich ihres alten Zustandes erinnerten. Im Laufe der Zeit aber stießen die Menschen viele dieser Tiere von sich, und diese wurden dann allmählich so wild, wie wir sie noch jetzt sehen. Nur die Haustiere behielten die Menschen bei sich, welche deshalb bis auf den heutigen Tag freundlich und zahm blieben.

Mündlich aus Bergen.

140.

Die Pferde in der Neujahrsnacht.

Ein Pferdeknecht wollte gern wissen, wie seine Pferde über ihn dächten, und versteckte sich deshalb in der Neujahrs=

nacht unter die Krippe des Pferdestalles. Als die Mitter=
nachtsstunde geschlagen hatte, lösten sich die Ketten und
Halfter, mit denen die Pferde angebunden waren, von selbst,
und die Tiere gingen frei umher im Stalle und erzählten
sich ihre Erlebnisse aus dem letzten Jahre. Bald kam die
Rede auf den bösen Knecht, der immer nur die Peitsche und
wenig Futter für sie habe. Da sprach der Knecht: „Wart!
ich will euch!" und holte die Peitsche, um die Pferde zu
strafen. Aber die Pferde ergriffen den Knecht mit ihren
Mäulern und schlugen und stampften ihn mit ihren Hufen
zu Tode. — So ergeht es Allen, die die Pferde in der
Neujahrsnacht bei ihrer Beratung stören.

Mündlich aus Trent.

141.
Das Pferd.

Unser Herr Christus wollte einst auf einem Pferde durch
einen Fluß reiten. Damals aber hatten die Pferde ihre
Augen noch an den Füßen. Deshalb sagte das Pferd zu
dem Herrn Jesus: „Nun werden aber meine Augen naß
werden." Da ordnete der Herr an, daß fortan die Pferde
ihre Augen im Kopfe tragen sollten. Und so geschah es
auch. Die Stellen, wo die Augen der Pferde früher ge=
sessen haben, sind aber noch heutigen Tages sichtbar. Denn
alle Pferde haben dort kleine, hornartige Gewächse.

Mündlich. — In einer anderen Fassung dieser Sage wurde
statt des Herrn Christus allgemeiner „eine Gottheit" gesagt.

142.
Das Rind.

Unser Herr Christus wollte eines Tages einen Fluß
überschreiten. Da sagte er zu dem Pferde, welches am Ufer

graste: „Komm und trage mich über den Fluß!" Das Pferd
aber erwiderte: „Ich muß mich erst satt fressen." Da sagte
der Herr zu dem Rinde: „Komm und trage du mich hinüber!"
Das Rind gehorchte und brachte den Herrn über den Fluß.
Auf der anderen Seite angekommen, sagte der Herr Christus:
„Zur Strafe für seine Weigerung soll das Pferd sich nur
einmal im Jahre satt essen dürfen; das Rind aber soll gleich
satt sein, wenn es auch nur ein Stündchen gefressen hat."
So ist es auch geblieben. Wenn das Pferd sich öfter als
einmal im Jahre satt fressen will, so thun ihm gleich die
Kinnbacken weh.

Mündlich.

143.
Vom Bären und Zaunkönig.

Der Bär stieß eines Tages im Walde auf ein Nest
mit jungen Zaunkönigen. Als die ihn mit lauter Stimme
anschrieen, sprach er: „Was seid ihr für erbärmliche Hei-
ducken!" Nun schrieen sie noch viel mehr, lockten dadurch
ihre Eltern herbei und klagten diesen, wie schwer der Bär
sie beleidigt habe. Die Zaunkönigseltern beruhigten ihre
Jungen und versprachen ihnen, an dem Bären Rache zu
nehmen. So kam es zum Kriege. Der Zaunkönig ver-
sammelte alle Tiere, welche fliegen konnten, zu einem großen
Heere und schickte die Mücken als Kundschafter voraus; die
setzten sich unter das Blatt eines Baumes, sodaß sie nicht
gesehen werden konnten. — Inzwischen hatte der Bär auch
ein großes Heer zusammengebracht, welches aus allen Land-
tieren bestand, die es gab, und der Fuchs war der Anführer.
Dieser hatte gesagt: „So lange ich den Schwanz in die

Höhe halte, könnt ihr immer getrost vorwärts gehen; denen
sind wir gut über." — Diese Worte hörten die Mücken und
hinterbrachten sie dem Zaunkönige. Der schickte sogleich
seinen Hornisten, die Wispel (Hornisse), mit einem geheimen
Auftrage ab. Die Hornisse flog fort und stach dem Fuchs
unter den Schwanz. Alsbald klemmte der Fuchs den Schwanz
zwischen die Beine und lief davon. Als das die anderen
Tiere sahen, ergriffen sie alle die Flucht, bevor sie noch gekämpft hatten, und der Bär mußte klein beigeben und den
Zaunkönig um Frieden bitten.

Mündlich aus Trent.

144.
Der Maulwurf.
I.

Es war einmal eine Prinzessin, für die hatte ihre Mutter
einen Bräutigam ausgewählt, welcher jedoch der stolzen Jungfrau nicht zusagte. Da ergriff die Mutter großer Zorn,
und sie verfluchte und verwünschte ihr eigenes Kind.

Der Körper des Mädchens schrumpfte darauf zusammen,
und ihr schwarzes, seidenes Kleid legte sich als ein schöner,
tiefschwarzer Sammetpelz um ihn herum, kurz, aus der
schönen Prinzessin ward der Maulwurf, und sie mußte Maulwurf bleiben für immerdar.

Weil aber Seide keine Hitze annimmt, so hat auch das
Maulwurfsfell wunderbare Kräfte erhalten. Wer schweißige
Hände hat und läßt einen lebendigen Maulwurf zwischen
seinen Fingern sterben, dem schwitzt die Hand fortan nie
wieder, weshalb die Näherinnen eifrig darauf bedacht sind,
eins dieser Tierchen lebend zu erhaschen.

Jahn Nr. 565.

II.

Wer schweißige Hände hat, muß, um dieselben los=
zuwerden, einen lebendigen Maulwurf in die Hand nehmen
und ihn in seiner Hand sterben lassen. Das geht aber nicht
so leicht, denn ein Maulwurf stirbt nicht eher, als bis die
Sonne untergegangen ist.

Mündlich.

145.

Die Maulwürfe auf Wittow.

Vor vielen Jahren gab es auf Wittow so viele Maul=
würfe, daß die Äcker und Felder vollständig von ihnen ver=
wüstet wurden. Da erbarmte sich ein Mann in Wieck, der
sich viel mit der schwarzen Kunst beschäftigt hatte, seiner
Landsleute. Eines Tages rief er sämtliche Maulwürfe von
Wittow zusammen, um sie von da in den nahegelegenen
Wiecker Bobben zu treiben. Nach der Melodie, welche er
pfiff, folgten ihm die Maulwürfe auf dem Fuße: schon war
er an den Strand gekommen, und eben wollten die vordersten
Maulwürfe ins Wasser laufen, da hielt er plötzlich inne und
sprach: „Wartet noch einen Augenblick, dort hinten kommt
noch ein Lahmer, der muß auch mit!" Als dieser heran=
gekommen war, trieb der Schwarzkünstler das gesamte Heer
der Maulwürfe ins Wasser, und seit dieser Zeit hat kein
Maulwurf mehr auf Wittow sein Leben fristen können.
Dicht an der Grenze der Halbinsel werfen sie zwar noch ihre
Hügel auf, aber sowie sie nach Wittow selbst hinaufkommen,
sterben sie. Wurde einmal ein Maulwurf lebendig hinauf=
getragen, so verendete er in demselben Augenblicke, wo er auf
die Erde gesetzt wurde.

Mitgeteilt aus Gingst.

146.

Vertreibung der Ratten von der Insel Ammanz.

Vor vielen Jahren gab es auf der Insel Ummanz so viele Ratten, daß sich die Bewohner vor dem Ungeziefer nicht „retten und bergen" konnten. Da erbot sich ein Heren= meister, der aus einem fremden Lande stammte, für eine große Summe Geldes alle Ratten von der Insel zu ver= treiben. Die Ummanzer bewilligten dem Fremden die sehr hohe Summe, obgleich dieser von Anfang an sagte, daß er die Ratten nur auf so lange Zeit bannen könne, als der zur Zeit dort wohnende Menschenschlag leben würde. Nun trieb der Herenmeister alle Ratten auf der südwestlichen Spitze von Ummanz ins Wasser; diese Gegend führt daher bis auf den heutigen Tag den Namen „de Rott." Man sagt, daß die Erde, welche hier liegt, früher als Witterung gegen die Ratten gebraucht worden sei, und es sollen damals oft Leute, welche viele Ratten auf ihrem Gehöft hatten, nach Ummanz gegangen sein und sich dort einen Sack Erde von der Rott geholt haben. Wenn sie eine kleine Hand voll von dieser Erde in die Rattenlöcher schütteten, so genügte das, um die Ratten schon nach wenigen Stunden zu vertreiben. Das alles wurde dem fremden Herenmeister verdankt.

In neuerer Zeit aber, wo der frühere Menschenschlag ausgestorben ist und viele Fremde nach Ummanz gekommen sind, haben sich die Ratten auf der Insel wieder eingefunden, und seitdem hilft auch die Erde von der Rott nicht mehr, um die Ratten zu vertreiben.

Mitgeteilt aus Gingst.

147.

Schwan- und Adebarsteine.

Der Storch heißt auf Rügen allgemein Abebor; die
kleinen Kinder singen ihn im August mit folgendem Vers=
chen an:

> Abebor, du Langebeen,
> Wähnihr wist du weche tehn?
> Wenn be Roggen riep is,
> Wenn be Poggen piep is,
> Wenn be schwarten Rappen
> In ben Busch klappen,
> Wenn bie gählen Beeren
> Von be Böhm gähren,
> Wenn be grönen Äppel
> An be Böhm päppeln,
> Wenn be Hochtibswagen
> Vör be Döhren jagen,
> Wenn be golben Ringen
> In be Kisten klingen.

Die Vorstellung aber, daß der Storch bie kleinen
Kinder bringe, ist auf Rügen, wie es scheint, nicht die ur=
sprüngliche. Freilich giebt es auch hierfür einen Kinderreim:

> Abebor, du Ober (ober: bu Gober),
> Bring mi 'n lütten Brober;
> Abebor, du Ester (ober: bu Bester),
> Bring mi 'ne lütte Schwester.

Weit älter aber scheint bie Anschauung zu sein, daß der
Schwan bie kleinen Kinder bringe, wie benn noch jetzt bie
Neugeborenen allgemein „Schwanskinder" genannt werden.
Man macht auch wohl einen Unterschied, inbem man sagt:

Im Winter werden die kleinen Kinder vom Schwan und im Sommer vom Storch gebracht. Sodann aber werden die großen Granitblöcke, welche an der Küste von Jasmund zerstreut liegen, von den Bewohnern des Dorfes Saßnitz Schwansteine genannt. In ihnen verschlossen liegen die kleinen Kinder, Schwanskinder geheißen. Fragt ein Kind: „Mubber, wue kümmt dat lütte Schwanskind her?" so heißt es: „Aus dem Schwanstein, der wird mit einem Schlüssel aufgeschlossen, und ein Schwanskind herausgeholt." Andere erzählen, daß sich die Schwäne hinter den Schwansteinen verborgen halten und von dort die kleinen Kinder bringen. Noch wieder andere sagen, die kleinen Kinder lägen unter dem Uskahn, und von dort holten die Schwäne sie ab. Der Uskahn d. i. Gottesstein ist ein gewaltiger Felsblock am Ufer bei Saßnitz, in der Nähe der prinzlichen Cottage. Übrigens ist eine Anzahl dieser Steine, die sich namentlich in der Nähe von Saßnitz finden, in letzter Zeit gesprengt worden; darunter auch ein großer Felsblock, welcher eine glatte Oberfläche von etwa zwei Quadratmetern Umfang hatte. Wohlerhalten ist dagegen ein anderer Schwanstein, welcher an der Stelle liegt, wo die Mole des neuerbauten Hafens von Saßnitz das Land berührt; dieser Felsblock wird für den eigentlichen Schwanstein ausgegeben. Auch der beim Herrnbade gelegene und unter den Badegästen als Klein=Helgoland bekannte Block gehört zu den Schwansteinen.

Daneben werden andere Steinblöcke auch als Adeborsteine bezeichnet. Ein solcher Adeborstein liegt vor Breege auf Wittow in der Ostsee hart am Strande. Auf diesem Felsblock trocknet der Adebor die kleinen Kinder, wenn er sie aus der Ostsee geholt hat, bevor er sie den Müttern ins Haus bringt. Letztere weisen den Felsblock gerne den Kleinen

unb erzählen ihnen babei, wie auch sie einst barauf von bem
Storch zum Trocknen niebergelegt seien. Auch ber gewaltige,
vor Göhren auf Mönchgut liegenbe Buskamen, welchem an
ber gegenüberliegenben Küste Jasmunbs ber „Oskahn" ent=
spricht, ist ein solcher Abeborstein. Außerbem aber bezeichnet
man kleine, runbliche glatte Steine von schwarzer ober von
milchweißer Farbe als Abeborsteine. Diese werfen bie Kinber
sich rückwärts über ben Kopf unb bitten babei ben Abebor
um ein Brüberchen ober ein Schwesterchen.

Münblich, Jahn Nr. 497 unb Monatsblätter IV S. 52 f.

148.

Das Storchland.

Wenn uns bie Störche im Herbste verlassen, ziehen sie
in ein fernes, fernes Lanb, wohin nur selten ein Mensch zu
kommen pflegt. Hier leben bie Störche aber nicht in Tier=
gestalt, sonbern sobalb sie bort angekommen sinb, verwandeln
sie sich in wirkliche richtige Menschen, bloß ihre Nahrung
bleibt bie frühere, nämlich Frösche, Mäuse unb Weichtiere.

Daß bie Sache sich in ber That so verhält, hat vor
Jahren ein rügenscher Schiffer burch eigene Anschauung er=
fahren. Derselbe war burch einen gräßlichen Sturm wochen=
lang auf bem Meere umhergeschleubert worben, bis er
enblich, nachbem er sein Schiff mit ber ganzen Mannschaft
verloren hatte, in bas ferne Storchlanb kam. Als er bie
ersten Leute traf, bat er sie, baß sie ihm boch zu essen unb
zu trinken geben möchten. Sie waren auch gerne bereit bazu
unb setzten ihm eine große Schüssel mit Fröschen unb Mäusen

vor. Als unser Schiffer voller Verwunderung fragte, was
er damit solle, antworteten jene: „Wenn wir bei euch zu
Gaste sind, bekommen wir auch nichts anderes zu essen als
Frösche und Mäuse." Darüber verwunderte sich der Schiffer
noch mehr und fragte sie, ob sie denn jemals auf Rügen
gewesen wären; denn er merkte immer noch nicht, was es
mit den Bewohnern des Landes für eine Bewandtnis habe.
Da erzählten sie, daß sie sich in jedem Frühling in Störche
verwandelten und nach dem Norden übersiedelten, wo sie dann
den ganzen Sommer hindurch verweilten. Er wäre gerade
zu demjenigen Teile ihres Volkes gekommen, der den Sommer
hindurch auf Rügen zu leben pflege; sie wüßten dort ganz
genau Bescheid und kennten Land und Leute; auch ihn, den
Schiffer, hätten sie dort schon gesehen. Auf welche Weise
der Schiffer in seine rügensche Heimat zurückgekommen ist,
das weiß man nicht mehr; denn es ist schon zu lange her,
daß sich die Geschichte ereignet hat.

Mündlich aus Jasmund. Mitgeteilt von Oberlehrer J. Balzer
in Stettin.

149.

Der schwarze und der weiße Hahn.

Wer sich auf seinem Hühnerhofe einen schwarzen Hahn
hält, der ist klug und verständig. Denn da er sich doch einen
Hahn halten muß, so thut er am besten, sich nur gleich einen
Hahn von schwarzem Gefieder zu wählen. Und warum?
Die schwarzen Hähne sind imstande, in der Johannisnacht
verborgene Schätze zu offenbaren. So ist schon manch armer
Schlucker durch seinen schwarzen Hahn zum reichen Manne
geworden. Einen weißen Hahn darf man dagegen nicht

halten; das würde den Tod eines Familienmitgliedes zu bedeuten haben.

Mündlich aus Nipmerow. — Vgl. O. Schwebel: Tod und ewiges Leben S. 119, wo der Spruch angeführt wird:

Die schwarze Katze, das schwarze Huhn
Soll kein Bauer aus dem Hause thun.

150.

Die wilde Taube.

Die wilde Taube versteht heutigen Tages noch nicht, obgleich sie nun schon so lange auf der Erde weilt, ein richtiges Nest zu bauen. Den Grund dafür giebt folgende Geschichte an. Eines Tages bat die wilde Taube die Elster, ihr doch zu zeigen, wie man ein ordentliches Nest baue. Die Elster verstand sich auch dazu und ging sogleich ans Werk; die wilde Taube stand dabei. Sowie nun aber die Elster ein Stöckchen oder einen Halm hinlegte, sagte jedesmal die Taube: „So, nu weet ik't." Anfangs hörte die Elster das ruhig an und erwiderte kein Wort. Endlich riß ihr aber die Geduld, daß die Taube es eben so gut wissen wolle wie sie, und überließ sie und den Nesterbau ihrem Schicksal. So ist es gekommen, daß die wilde Taube niemals gelernt hat, ein ordentliches Nest zu bauen; aber alles Klagen darüber nützt ihr jetzt nichts mehr. Ihr Klageruf lautet:

Hu hu hu,
Mine bunte Kuh,
Mine fief Gulden bartu,
Hu hu hu!

Mündlich. — Statt der Elster habe ich einmal auch den Hamster als Lehrmeister nennen hören, was jedoch nicht auf Ver= wechslung von Häster (d. i. Elster) und Hamster beruht.

151.

Die Nachtigall.

Einſt war eine Schäferin, die hatte einen trauten
Geſellen als Bräutigam, der ſie treu und wahrhaft liebte.
Es war aber auch eine böſe Here, welche die Schäferin
deswegen beneidete. Da verwandelte die Here das Mädchen
in eine Nachtigall; ihr Bräutigam wollte ihr zwar zu
Hülfe eilen, aber die Here trat ihm entgegen, ſodaß er
nicht von der Stelle konnte. Nun wurde die Nachtigall
überaus traurig, und bis auf den heutigen Tag ſingt ſie
nichts als ein Trauerlied über das andere. Jeden Vers
aber ſchließt ſie mit den Worten: „To Bucht! To Bucht!“
als ob ſie noch Schäferin wäre und ihre Herde vor ſich
hertriebe.

Mündlich.

152.

Die Schwalben.

Zu den beſten Wetterpropheten gehören die Schwalben:
denn wenn dieſelben hoch in den Lüften herumfliegen, wird
das Wetter gut; ſchießen ſie dagegen dicht am Erdboden hin
oder flattern ſie ängſtlich umher, ſo muß man ſich auf Regen
und Unwetter gefaßt machen.

Wo die Schwalben niſten, da bleibt Unglück und beſonders Feuersgefahr ferne. Deshalb ſehen es die Landleute gerne, wenn die Schwalben in den Scheunen und Vieh-
zimmern ihre Neſter ankleben; ja ſie laſſen ihnen wohl ein
Fenſter auf oder machen ihnen auch ein Loch offen, durch
welches ſie frei aus- und einfliegen können. Wer dagegen
eine Schwalbe vertreibt oder tötet oder ein Schwalbenneſt
ausnimmt, den trifft Unglück und Unheil.

Wenn der Herbſt kommt, dann ſcharen ſich die Schwalben,

die jungen und die alten, zusammen, um gemeinschaftlich eine Winterrast zu suchen. Aber sie fliegen nicht in fremde Länder nach dem Süden, wie man gewöhnlich annimmt, sondern sie bleiben im Lande und überwintern auf dem Grunde des Meeres. Wenn eine Anzahl Schwalben beisammen ist, setzen sie sich auf einen Strohhalm oder dürren Zweig, der gerade auf dem Wasser schwimmt, und sinken mit diesem langsam unter. Auf dem Grunde des Meeres halten sie ihren Winterschlaf, und im Frühling tauchen sie wieder an das Tageslicht empor.

Mündlich.

153.
Die Seeschwalben.

Die Seelen der auf See verstorbenen Seefahrer gehen über in die Körper der Seeschwalben. Wenn sich daher diese Tiere, vom langen Fluge ermattet, auf den Rahen eines Schiffes niederlassen, thut ihnen niemand etwas zu leibe.

Mündlich.

154.
Der Seidenschwanz.

Seit einigen Jahren zeigt sich in den rügenschen Wäldern zur Winterzeit eine sonst in Pommern nicht vorkommende nordische Vogelart, der Seidenschwanz, auch Sterbe- oder Pestvogel genannt. Aus dem frühzeitigen Erscheinen dieses Vogels schließen erfahrene Forstleute auf einen strengen Winter. In früheren Jahren, als der Seidenschwanz noch nicht so zahlreich erschien, hielt man ihn für den Vorboten von Unglücksfällen, Seuchen, Teuerungen und Sturmfluten und verfolgte ihn deshalb erbarmungslos.

Von der Halbinsel Jasmund. Pommersche Volksrundschau I Nr. 78.

155.

Der Zaunkönig und die Eule.

Eines Tages beschlossen alle Vögel einen Wettflug zu veranstalten und denjenigen zum Könige zu wählen, der am höchsten fliegen könnte. Der Wettflug ging von statten. So sehr sich aber auch alle anstrengten, möglichst hoch zu fliegen, der Storch besiegte doch alle anderen, und schon wollte die ganze Vogelwelt ihm als ihrem Könige huldigen, da schwang sich plötzlich der kleine Zaunkönig, der sich bis dahin unter den Schwanzfedern des Storches versteckt gehalten hatte, über den Storch in die Lüfte und rief: „König ick! König ick!"

Erbittert über diesen Betrug, verurteilte die ganze Vogelwelt den Zaunkönig zum Tode; diesem aber gelang es, sich auf die Erde und in ein Mauseloch zu flüchten. Nun wurde der Vogel, welcher die größten Augen hat, nämlich die Eule, als Wächter vor das Mauseloch gestellt, um das Urteil an dem kleinen Missethäter zu vollstrecken.

Die Eule trat ihr Amt zwar an, aber da sie von den Anstrengungen des Tages erschöpft war, wurde es ihr bald unmöglich, die Augen offen zu halten, und bald versank sie in einen tiefen Schlummer. Diesen Augenblick benutzte der Zaunkönig, um aus dem Loche zu huschen und durch Nesseln und Zäune zu entfliehen. Seit der Zeit führt er den Namen Zaunkönig oder Nesselkönig. Beide Vögel, der Zaunkönig und die Eule, wurden darauf von dem König auf ewig in die Acht erklärt.

Sehr wahrscheinlich hat diese Geschichte Veranlassung gegeben zu dem Sprichwort: Doe het 'ne Uhl säten, d. i. die Sache ist schon vorbei, du kommst zu spät, das glückt nicht. Ebenso sagt man sprichwörtlich von demjenigen, der

vergeblich auf etwas wartet: He luert borup, as be Uhl
up 'n Nettelkönig.

Mündlich und Sunbine 1829 S. 20. — Nach ben älteren
Fassungen dieser weit verbreiteten Tiersage versteckt sich der Zaunkönig unter die Flügel des Adlers (vgl. J. W. Wolf: Zeitschr. f.
bt. Myth. I S. 2 f.). Daß in der rügenschen Sage an Stelle
des Adlers der Storch tritt, kann nicht Wunder nehmen, da der
Adler hier fast gar nicht vorkommt. Das Adlerpaar, welches bis
vor einem Menschenalter in ben Spalten des Kreibefelsens zu
Arkona horstete, scheint das letzte gewesen zu sein, welches seinen
bauernden Wohnsitz auf Rügen aufgeschlagen hat.

156.
Der Stör.

Der Stör hatte früher ein eben solches Maul, wie es
alle anderen Fische auch haben. Nun war der Stör aber
von jeher ein großer Fresser, und um satt zu werden, verzehrte er große Mengen anderer Fische. Mit Vorliebe fraß
er Heringe, und schon war es soweit gekommen, daß die
Heringe anfingen auszusterben. Da gebot der liebe Gott
dem Stör, nicht so viel zu fressen; der aber ließ sich baburch
nicht abhalten. Deshalb nähte der liebe Gott dem Stör
seinen Rachen zu und schnitt ihm unterhalb besselben ein
neues Loch in den Hals, durch welches der Stör von jetzt
ab seine Nahrung zu sich nehmen mußte. Der Zwirnsfaden
aber, womit der liebe Gott ihm das Maul zugenäht hat,
ist noch jetzt am Stör zu sehen.

Mündlich aus Wiek a. W.

157.
Schlange mit der Krone.

Es giebt eine gewisse Art von Schlangen, die tragen
auf ihrem Kopfe eine kleine funkelnde Krone. Wer eine

solche Krone in seinen Besitz bekommt, der wird reich und glücklich. Manch armer Teufel, der einmal eine Schlange mit der Krone beschützt hat oder ihr sonst behilflich gewesen ist, hat als Lohn dafür die Krone der Schlange geschenkt bekommen.

Mündlich.

158.
Schnak kriecht einem Menschen in den Magen.

Es war einmal ein Knecht, der hatte sich zur Mittags= zeit unter einem Baum am Waldessaum hingelegt und war bald fest eingeschlafen. Da er auf dem Rücken und mit offenem Munde dalag, kroch ihm, ohne daß er es merkte, eine Schnak durch den Mund in den Magen hinein. Infolge dessen hatte der Knecht arge Beklemmungen; aber die Sache wurde noch schlimmer, als das Tier in dem Magen des Mannes auch noch Junge bekam. Nun hatte er unausgesetzt die fürchterlichsten Schmerzen auszuhalten und konnte nicht leben und nicht sterben.

Da kam eines Tages ein reisender Handwerksbursche ins Dorf, der riet dem Knecht, er solle sich frischgebackenes Brot, so heiß, wie er es vertragen könne, auf den Magen legen. Diesen Rat befolgte der Knecht. Er legte sich wieder auf den Rücken, machte den Mund weit auf und ließ sich frisches Brot auf den Magen legen. Und wirklich dauerte es nicht lange, da kroch das alte Tier mit drei Jungen aus dem Munde heraus, und alle zusammen stürzten sich auf das frische Brot, welches der schönste Leckerbissen für sie ist. Der Knecht war aber froh, daß er seine Quälgeister auf diese Weise losgeworden war.

Mündlich aus Bergen.

159.

Die Blindschleiche.

In früheren Zeiten war die Blindschleiche ein überaus giftiges und bösartiges Tier. Da nahm ihr Gott der Herr die Hälfte ihres Gehörs und ihrer Sehkraft. Aber auch jetzt ließ die Blindschleiche noch nicht von ihrer Bosheit; ja sie soll sogar gesagt haben:

Künn ick hür'n, künn ick sehn,
Wull ick stäken dörch Mark un Been.

Nun verlor sie ihr Gesicht und Gehör vollständig, und dadurch ist ihre Giftigkeit unschädlich geworden. Nur in dem kältesten Monat des Jahres kann sie wieder so gut sehen und hören wie sonst. Das Volk nennt sie wegen ihrer Taubheit den „Doofworm" oder „Dauworm" und glaubt noch jetzt allgemein, daß sie weder sehen noch hören kann.

Mündlich. Vgl. Sundine 1837 S. 387 f.

160.

Der Bernstein.

I.

Die Halbinseln Wittow und Jasmund werden jetzt nur durch eine schmale Landzunge, die Schaabe genannt, verbunden. Früher war das anders. Da lag dort, wo jetzt die Tromper Wiek flutet, ein großer Wald und eine bevölkerte Stadt. Und das würde wohl auch heute noch so sein, wenn nicht einst ein gewaltiger Ostwind sechs ganze Wochen hindurch gegen das Gestade geweht hätte. So kam es, daß alles Land, bis auf die Schaabe hin, von der Ostsee fortgerissen und in den Wellen begraben wurde.

Von der Stadt weiß man wenig mehr, aber die Er=
innerung an den untergegangenen Wald hat sich noch frisch
im Gedächtnis erhalten. Denn das Harz der versunkenen
Bäume ist in dem salzigen Meerwasser zu Stein erstarrt
und wird heute noch als Bernstein am Strande gefunden.

Merkwürdig ist ein Brauch der Hiddenseer. Wenn
einer von den Bewohnern dieser Insel zufällig ein Stück
Bernstein findet, so nimmt er es sofort in den Mund,
spricht: „Nu häw it't int Mul, nu finn it uk mehr,“ und
läuft dann eilig den Strand ab. Er ist dann fest über=
zeugt, daß er an dem Tag noch mehr Bernstein finden wird.

Jahn Nr. 612.

II.

Einst fanden zwei Fischer von Hiddensee ein großes
Bernsteinstück in ihrem Netze, als sie dieses in der Nacht
beim Fischen ins Boot zogen; weil sie das Stück aber für
einen Stein hielten, warfen sie es verdrießlich wieder über
Bord. Da sie nun bei Tagesanbruch viele kleine Stückchen
Bernstein in dem Boote erblickten, wurden sie inne, daß der
vermeinte Stein ein Stück Bernstein gewesen sein müsse. Sie
bemühten sich daher, es wieder zu erlangen, allein alles
Suchen im Strande war vergeblich und der Schatz nicht
wieder aufzufinden.

Sundine 1844 S. 291 f.

161.

Donnerkeil und Krötenstein.

Die Belemniten, Reste eines vorsintflutlichen Tinten=
fisches, kommen auf Rügen ungemein häufig vor, zumal
unter dem Steingeröll der Kreibeufer. Im Volksmunde

heißen sie Donnerkeile oder Dunnerpilers. Man glaubt
nämlich, daß sie im Gewitter und zwar mit dem Blitz auf
die Erde geschleubert werden. Wenn jemand vom Blitz ge=
tötet wird, so wird er durch den im Blitz niederfahrenden
Donnerkeil getroffen. Andere glauben, der Donnerkeil werde
erst durch das Einschlagen des Blitzes in die Erde erzeugt;
man finde die Donnerkeile also nur da, wo ein Blitzschlag
in die Erde gefahren ist.

Die Donnerkeile werden mit Vorliebe gesammelt, und
man bewahrt sie im Hause auf, weil man glaubt, daß ein
Haus, in welchem sich ein Dunnerpiler befindet, gegen Blitz=
schlag geschützt ist. Vorzugsweise pflegt man sie in den
Milchkammern aufzubewahren. — Magenschmerzen sollen
dadurch beseitigt werden, daß man ein wenig von einem
Donnerkeil abschabt und einnimmt.

Der Krötenstein, ein versteinerter Seeigel, wird gleich=
falls für ein bewährtes Vorbeugungsmittel gegen das Ein=
schlagen des Blitzes angesehen, und wird deshalb im Hause
und auch hier mit Vorliebe in der Milchkammer aufbewahrt.
Die rügenschen Bauern legen die kegelförmigen Steinkerne
des in der Kreide sehr häufigen Seeigels (ananchytes ovatus)
in die Schweinetröge, weil sie angeblich einerseits die Mast
befördern, andererseits die Tiere vor Rotlauf schützen.

Mündlich und Globus LXVIII Nr. 14.

XIX.

Geographische
und historische Sagen.

———

162.

Entstehung der Insel Rügen.

As uns' Herrgott be Welt schaffen dehd un all binah bormit farig wier, stunn he eenes Abends so kort vör Sünnenunnergang up Bornholm un keek von hier nah de pommersche Küst' röwer. Bi em leg de Murerkell un de grote Moll, in de öwer man blot noch'n lütt bäten Irb öwrig wier, denn he harr all den ganzen Dag arbeit't. As he nu so öwer dat Water wegkeek, schient em de pommersche Küst' doch gor to kahl to sin; em dücht, so'n bäten müßt doe wol nach an dahn warden. He namm also dat letzte ut de Moll un klackt dat von Bornholm ut an de Küst ran, öwer dat kem nich ganz ranne. So ungefähr 'ne halwe Miel vörto feel dat int Water, un so entstünn de Hauptbeel von Rügen. Uns' Herrgott fohrt glick noch ees mit de Kell an de Kanten entlang un makt se nah buten to hübsch glatt un rund, un so würr Rügen am Enn' grar so'n Insel worden sin, as all de annern ok sünd. Intwischen wier be-

Sünn öwer binah ganz unnergahn, un unf' Herrgott wull
Fierabend maken; dorüm kratzt un schrapt he noch firing alls
tosamen, wat in be Moll anhackt wier, un wiel he keen'
bätere Verwendung dorför harr, klackt he dat ok noch an be
Insel heran. So entstünn Jasmund und Wittow. Dat
seech zworst 'n bäten ruch ut, öwer unf' Herrgott dacht:
„'T is Fierabend, un nu lat't man so wäsen, as't is."

So ist't kamen, dat Rügen bet up'n hütigen Dag nah
Nurden un Nurdosten to so bunt un terräten utsüht.

Nach mündlicher Mitteilung durch Conrektor P. Grützmacher.

163.
Gründung des Klosters zu Rambin.

Vor Rambin ritt einst ein Edelmann aus der Umgegend
spazieren. Da kam ein gewaltiger Lindwurm auf ihn zu
und versuchte, seine „Angel" dem Pferde in die Brust zu
bohren. In seiner Not flehte der Edelmann zu Gott und
gelobte, wenn er von dem Untier befreit würde, so wolle er
an der Stätte ein Kloster erbauen.

Er ergriff seinen Dolch, und als der Lindwurm nahe
herangekommen war, traf er ihn so glücklich, daß das Un=
geheuer tot zu Boden fiel. Zum Danke für diese Errettung
und um sein Gelübde zu erfüllen, ließ er dann das noch
jetzt stehende Rambiner Kloster erbauen.

Mündlich aus Trips. Mitgeteilt durch Conrektor P. Grütz=
macher.

164.
Der Himmel von Prosnitz.

Auf der Feldmark des Gutes Prosnitz befindet sich eine
kleine, mit Laubholz geschmückte Anlage, welche drei nahe

bei einander liegende Hünengräber umfaßt und im Volksmunde unter dem Namen „Himmel von Prosnitz" bekannt
ist. Von diesen alten Gräbern geht die Sage, daß in dem
mittleren ein Herzog, der letzte seines Geschlechtes, und in
den beiden anderen Grabhügeln seine beiden Gemahlinnen
begraben liegen.

Mündlich.

165.
Bau der Budarschen Kirche.

Als es sich darum handelte, wo die Kirche auf dem
Bubar erbaut werden sollte, kamen alle Großen von Rügen
zusammen, um gemeinschaftlich über die Sache zu beraten.
Nach längeren Verhandlungen kam man endlich dahin überein,
daß die Kirche an der Stelle erbaut werden solle, welche
heutigen Tages „be Jüls" heißt, und zum Zeichen dafür
steckte einer der Anwesenden seinen Speer in die Erbe. Am
folgenden Morgen war jedoch der Speer von der Stelle verschwunden; erst nach längerem Suchen fand man ihn weiter
nördlich in der Erde stecken. So hatte Gott selbst darüber
entschieden, wo sein Haus stehen sollte; und die Kirche wurde
an dieser Stelle erbaut.

Mündlich aus Dorf Bubar.

166.
Garz eine frühere Seestadt.

In der Nähe von Garz an der südlichen Seite des
. Schloßwalles liegt ein Binnensee, von dem geht die Sage,
daß er in früheren Jahrhunderten mit der bei Pubbemin
gelegenen Inwiek in Zusammenhang gestanden habe. Auf

diese Weise sei es den alten Charenzern möglich gewesen,
mit ihren Handelsschiffen bis an die Stabt heranzufahren.
Der Handel der Kaufleute von Charenz aber soll gar nicht
unbedeutend gewesen sein. Ja, man will sogar wissen, daß
ihre Handelsschiffe bis nach Konstantinopel gefahren seien.

In bem Torfmoor, welches an ben See stößt, hat man
nicht nur Schiffsholz und eiserne Anker, sondern auch aufrecht=
stehende, starke Pfähle gefunden, an welchen eiserne Ringe
befestigt waren. All das läßt darauf schließen, daß Garz
ober vielmehr bas alte Charenza eine richtige Seestadt ge=
wesen ist. Auch soll die Stabt ehemals viel größere Aus=
behnung als heutzutage gehabt und sich bis zu bem an=
grenzenben Rittergute Renz erstreckt haben.

Mündlich. Wackenrober S. 6. v. Rosen: Garzer Stabt=
buch S. XII u. a.

167.
Putbus.

Über ben Ursprung des Namens Putbus giebt es folgenbe
Sage. Als ber jüngste Sohn bes einheimischen rügenschen
Fürstenhauses, Stoislav mit Namen, bie Kirchspiele Vilmnitz
unb Lanken als Leibgebinge erhalten hatte, durchzog ber
Fürst seine neue Besitzung, um sich einen Platz zur Anlegung
einer Burg auszuwählen. Lange Zeit konnte er keine passenbe
Örtlichkeit finden. Endlich als er an ben Abhang eines
walbigen Hügels, die Wusternitz genannt, gekommen war,
rief er: „Po be Buß" b. i. unter bem Busche. Unb so
warb benn am Fuße bieses Gehölzes bie neue Fürstenburg
erbaut unb ihr ber Name „Po be Busch" ober „Putbus"
beigelegt.

Haken: Pom. Provinzial=Blätter V S. 61. Der Verfasser
des hier angeführten Artikels ist ber Abvokat Schneiber, welcher

auch das mehrfach citirte Reisehandbuch durch Rügen, Berlin 1823, herausgegeben hat.

168.

Der Tannenberg in Putbus.

Mit dem Tannenberg in Putbus soll das Fortbestehen des Hauses und Geschlechtes Putbus in engem Zusammenhang stehen. Man sagt, sobald nur ein Baum im Tannenberg gefällt werde, sterbe sogleich ein Mitglied des fürstlichen Hauses. Dies ist der Grund, weshalb man das ziemlich verwilderte Wäldchen in seinem ursprünglichen Zustande zu erhalten sucht.

Mündlich aus Putbus.

169.

Das Peerd auf Mönchgut.

Das bewaldete Vorgebirge, welches sich östlich von Göhren auf Mönchgut weithin ins Meer erstreckt, heißt das Nordpeerd oder kurzweg das Peerd d. i. Pferd. Diese Bezeichnung soll es daher erhalten haben, daß es sich den Schiffern auf der See in der Gestalt eines Pferdes (oder wie andere sagen, in der Gestalt eines Pferdekopfes oder Pferdesattels) zeigt. Als nun im Anfange dieses Jahrhunderts einige von den Bäumen, welche auf der Spitze des Peerds standen, umgefallen, andere abgehauen waren, sagte man im Scherze, das Pferd habe den Schwanz verloren.

Andere erzählen, die Höhe habe deßhalb den Namen Peerd erhalten, weil vor Jahren auf der höchsten Spitze derselben ein knorriger und etwas verkrüppelter Baum ge-

11*

ſtanden habe, welcher, aus einiger Entfernung betrachtet, Ähnlichkeit mit einem ſich in die Höhe rieſenden Pferde gehabt hätte.

Mündlich und Indigena S. 212 f.

170.

Dolgemoſt bei Putbus.

Zum Beſitztum des Fürſten Putbus gehört eine Holzung und ein Gut mit Namen Dolgemoſt. Vor Zeiten hielten ſich hier viele gefährliche Räuber auf, welche die ganze Inſel unſicher machten. Fürſt Jaromar aber zog gegen ſie aus und erſchlug ſie alle. Weil nun die fürſtlichen Ritter und Knappen dabei toll gehauſt hatten, ſo bekam das Gehölz den Namen Dolgemoſt, denn gemoſt heißt ſo viel als gehauſt.

Temme Nr. 154. — In Wirklichkeit ſtammt der Name aus dem Wendiſchen und bedeutet ſoviel als „lange Brücke" (polniſch dlugi lang und most Brücke); es hat alſo wahrſcheinlich in früheren Zeiten eine Brücke über die große Wieſe bei Dolgemoſt geführt.

171.

Allrügen.

Im kleinen Jasmunder Bodden zwiſchen der Inſel Pulitz und dem eigentlichen Rügen liegt ein kleines Eiland, welches von Menſchen nicht bewohnt, ſondern nur während der Sommermonate als Viehweide benutzt wird. Dieſes Inſelchen heißt „Allrügen", ein Name, welcher auf zwei Arten erklärt wird.

Einſtmals kam ein Fremder auf die Inſel, welcher ſich nach den Namen der einzelnen Dörfer und Ortſchaften ganz genau erkundigte. Als er nun auf dem Rugard ſtand und die kleine Insel wahrnahm, fragte er einen Einheimischen, welchen Namen dieselbe führe. Das Inselchen war damals aber noch nicht benannt, und der Gefragte wußte sich nicht anders zu helfen, als dadurch, daß er sagte: „Dat is all Rügen" d. h. das gehört alles zu Rügen. Der Fremde aber mißverstand die Worte und meinte die Insel heiße „Allrügen".

Vor langer, langer Zeit kam ein rügenscher Fürst von einer Wasserfahrt nach Hause. Da er aber in der Dunkelheit den Weg verloren hatte, irrte er lange ratlos auf dem Jasmunder Bobben umher, bis er endlich an die kleine Insel kam. Der Fürst, welcher froh war, endlich festes Land gewonnen zu haben, glaubte, er wäre schon auf der Insel Rügen selbst und rief aus: „Doa is jo all Rügen!" (da ist ja schon Rügen). Davon erhielt dann die Insel den Namen „Allrügen".

Mündlich aus Bootstelle.

172.
Nippenburg.

In der Nähe von Ralswiek lag ein erst in diesem Jahrhundert eingegangener Katen, der den Namen Nippenburg oder Nymphenburg führte. An ihn knüpft sich die Sage, daß diese Wohnung in katholischer Zeit als Asyl für Verbrecher gedient habe.

Haas: Beiträge zur Geschichte der Stadt Bergen S. 49. — Vgl. Indigena S. 138 f.

173.
Das Landower Kirchspiel.

Das Landower Kirchspiel, welches heutigen Tages von ganz geringem Umfang und das kleinste aller Kirchspiele auf Rügen ist, umfaßte zu katholischen Zeiten ein viel größeres Gebiet. Da aber die damaligen Bewohner des Kirchspiels und Dorfes Landow hartnäckig beim Katholizismus beharrten, wurde eine Ortschaft nach der anderen abgetrennt und den benachbarten Parochien zugeteilt, bis schließlich das Dorf Landow ganz allein übrig blieb. So ist es gekommen, daß Landow das kleinste Kirchspiel auf der Insel wurde.

R. S(chneide)r S. 209 f. Auf diese Verringerung des Landower Kirchspiels scheint sich der Scherzreim des rügenschen Landvogts Balzer von Jasmund zu beziehen (Wackenrober S. 333):
Ave Landave!
Wat dar nicht is, dat is dar afe;
Hebbestu, wat dar is afe,
So wärestu ene brafe
Landave.

174.

Ralow.

In heydnischen Zeiten befand sich auf Rügen die Burg Ralow an der Pribbrober Webbe, da wo jetzund das Ritter-Guth dieses Namens ist. Man findet daselbst noch eine Strecke des ehemaligen Burg-Walles und einen Graben, so eine Tieffe, wie die höchste Tanne lang, und eine Breite von mehr als 20 Ellen hat. Im Süden und Norden haben die Herren von Segebad nach und nach schon eine ziemliche Länge davon zuwerfen lassen. Der Wall ist von ungemeiner Stärke, wie die Werke der Alten. Er hält in der Mitte eine Breite von 25 Ellen. An seiner ehemaligen Länge ist er auch schon sehr verkürzet, weil die Erde theils zu gedachter Ausfüllung, theils zu Verhöhung des Gartens von denen gedachten Herren gebrauchet worden.

Es soll diese Burg der alten Sage nach zu heydnischen Zeiten schon eine Festung gewesen seyn, und ein berufener

See= und Strassen=Räuber Rolvink sein Raub=Nest daselbst gehabt haben. Als aber Fürst Jaromar I. etwa 1182 oder nicht lange hernach auf Jasmund und in der Putbußischen Gränitz die fast überhand genommenen Buschklöpper verfolget und ausgerottet, hat er auch diesen mit List ertappet und seine vorgedachte Behausung, so stark sie auch befestiget war, erobert und zerstöret.

Drey bis vier Flinten=Schuß vom Hofe ins Süd=Osten nach der Pribbrober Webbe zu, findet sich eine Höhe (wenn man nach Landow fähret, zur rechten am Wege), welche den Namen des Jüttenbergs daher haben soll, weil sich die eine Schwester des Rolvinken daselbst erhenket, als ihr Bruder erhaschet und die Burg Ralow zerstöret worden. Wie dann auch eine kleine Hölzung, etwa einen guten Musketen=Schuß davon, gleichfalls von seiner andern Schwester Agathe das Agathen=Holtz genannt seyn soll.

von Schwarz: Dipl. Geschichte der Pommersch=Rügischen Städte S. 695 f. — Vgl. das Kosegartensche Gedicht „die Ra= luuken".

175.

Die Kirche zu Gingst.

Als man bey des Rügischen Fürsten Jaromar I. Zeiten bekümmert gewesen, Plätze zu denen Christlichen Kirchen aus= zusuchen, war man zuerst entschlossen, auf dem Berge, hinter dem Dorffe Voltzevitz belegen, gerade gegen Ummantz über, den Bau des (Gingster) Tempels zu beginnen, in Betrachtung, solches Länblein dem Kirchspiel füglich könte mit einverleibet werden. Zu dem Ende, als der Abt zu Pudgla als erster Stiffter dieser Kirchen, das Bild des Heil. Jacobi, dem die Kirche zu Ehren eingeweihet solte werden, auf erwehnten

Gebürge aufrichten laſſen, ſo hätte dieſer Heiliger alle Nacht
ſich auf den Weg gemacht und zu Gingſt an dem Orte, wo
jetzo die Kirche ſtehet, ſich niedergelaſſen. Wie dieſes Wunder=
Werck zu 3 mahlen geſchehen, wäre der Abt veranlaſſet
worden, den geiſtlichen Bau (zu Gingſt) vorzunehmen.

Wackenrober S. 286. — Das Patronatsrecht über die Gingſter
Kirche ſtand von 1417—1538 dem Prämonſtratenſer=Kloſter
Pubagla auf Uſedom zu. — Die Inſel Ummanz gehörte bis zum
Jahre 1323 zur Gingſter Parochie.

176.

Der untergegangene Wald bei Schaprode.

Zwiſchen Schaprode und Hiddenſee, da wo jetzt Waſſer
iſt und die Fahrſtraße nach Stralſund durchführt, hat
ehemals ein großer Wald gelegen, der bei einer Sturmflut
durch das Waſſer verſchlungen iſt. Damals lagen Hiddenſee
und die rügenſche Küſte ſo nahe bei einander, daß man nur
eine ſchmale Furt durchwaten brauchte, um von einem zum
andern zu gelangen.' — Beim Baggern werden bisweilen
noch ganze Stämme aus dem Waſſer herausgeholt; das ſind
die letzten Reſte des ehemaligen Waldes.

Mündlich aus Schaprode. — Vgl. Wackenrober S. 46.

177.

Die Inſel Öhe.

Die Inſel Öhe ſoll vor Jahrhunderten das größte Gut
auf ganz Rügen geweſen ſein; aber das wild wogende
Element des Waſſers, in Verbindung mit den hier unab=
läſſig hauſenden Stürmen, haben unbarmherzig ein Stück
nach dem anderen von der Weſtſeite der Inſel abgeriſſen,
und die fleißige Menſchenhand hat gegen die Tag und Nacht

anströmende Flut bis jetzt vergeblich angekämpft. Weit in der See nach Westen hin kommen von Zeit zu Zeit beim Baggern ungeheure Eichensplitter und Blöcke aus dem jetzigen Meeresgrunde zum Vorschein und bekunden die ehemalige große Ausdehnung der Insel und ihren riesigen Baumwuchs.

Seit mehr als sechs Jahrhunderten befand sich die Insel im Besitze der gleichnamigen Familie von der Ohe, und die Sage geht, daß einst ein rügenscher Wendenfürst nach einer Jagd den jüngeren Sohn eines seiner Edlen, welcher sich in seinem Gefolge befunden, für Lebensrettung mit der Insel belehnt habe. Andere aber meinen, daß die Vorfahren der Familie von der Ohe nichts als ehrbare Fischer gewesen, und wenn sie mit ihrem Fange nach Stralsund gekommen, um ihn zu verkaufen, habe man gesagt: „Sieh da, da kommt der Fischer von der Ohe!" und daraus seien endlich die Herren von der Ohe entstanden.

Philipp Galen [Lange]: Die Insulaner I S. 228, 235. — Die vorstehenden Sagen sind nicht freie Erfindung des Romandichters, sondern beruhen wahrscheinlich auf alter Familientradition, da der Letzling des Geschlechts, Gottlieb von der Ohe († 1868), seine Familiengeschichte zusammengestellt und dem Dichter zur Abfassung des Romans zur Verfügung gestellt hatte.

178.
Ursprung der Insel Hiddensee.

Es ist eine Sage, daß die Insel Hiddensee ehemals mit Rügen durch eine vom Stolper Haken beginnende Landenge, von welcher die Fährinsel noch eine Ruine sein soll, in Verbindung gestanden habe, aber durch einen ungeheuren Orkan davon abgerissen sei.

Eine andere Sage erzählt den Ursprung der Insel Hiddensee folgendermaßen.

Als die Mönche von Corvei im neunten Jahrhundert die heidnischen Rügianer zum christlichen Glauben bekehren wollten, reiste einer von den Missionaren auch nach Hibbensee und bat am späten Abend in einem Fischerdorfe vor einer Hüttenthür um Einlaß und Aufnahme. Die Eigentümerin aber wies ihn als einen Bettler trotzig und mit harten Worten zurück, worauf er sich an ihre arme Nachbarin wendete, bei welcher er sogleich Herberge und Verpflegung erhielt.

Am folgenden Morgen dankte er der armen Witwe dafür und schied von ihr mit den Worten: „Ich habe nicht Gold und Silber, um dir die Bewirtung zu bezahlen, allein dein erstes Geschäft an diesem Tage soll dir gesegnet sein." Auf diese Worte nicht weiter achtend, fing sie ein Stückchen selbstbereiteter Leinwand zu messen an. Hiermit wollte es aber gar kein Ende nehmen, sondern sie maß und maß den ganzen Tag hindurch, bis die Sonne unterging, und bekam so ihr ganzes Haus voll Leinwand. Nun erinnerte sie sich der Worte des Apostels und entdeckte den Grund ihres Glückes der neidischen Nachbarin.

Diese merkte sich die Worte genau und nahm den Missionar, der eine ganze Zeit darauf wieder an ihre Thür klopfte, mit der größten Bereitwilligkeit auf. Nachdem der Gast dann am anderen Morgen mit den ihr bekannten Worten geschieden war, beschloß sie sogleich, den im Spartopfe gesammelten Mammon zu zählen. Durch einen Antrieb der Natur, den sie nicht zu den Geschäften rechnete, wurde sie genötigt, vorher hinauszugehen, aber augenblicklich äußerte die Segensformel des heiligen Mannes ihre Kraft und Wirksamkeit und zwar so anhaltend, daß davon das Land überschwemmt und von Rügen abgelöst wurde.

Grümbke II S. 21 f. — Vgl. Temme Nr. 127. Jahn
Nr. 223 und Israel: Die Insel Hibbensoie in den Hansischen
Geschichtsblättern 1893 S. 6 f. Hier wird die hartherzige Frau
überall als „Mutter Hibben" bezeichnet, nach welcher die neu ent=
standene Insel „Hibbensee" genannt wurde. Es scheint, als wenn
dieser Name von Anfang an zu der Sage gehört hat. Nach
Jahn heißt das Wasser bis auf den heutigen Tag „Hibbensee";
das ist jedoch ein offenbarer Irrtum, da nur die Insel Hibbensee
mit diesem Namen benannt wird. Sonst ist noch aus der Jahn=
schen Darstellung zu erwähnen, daß die wohlthätige Frau „Mutter
Bibben" hieß und daß nach ihr das Dorf Vitte, wo sie wohnte,
diesen seinen Namen erhielt. — Gräsfe (Preußische Sagen II
S. 473) bringt die Sage in einer Fassung, welche wahrscheinlich
auf einer novellistischen Bearbeitung derselben durch Ellen Lucia
im Buch der Welt 1852 beruht.

179.

Der Blutstreifen in Schloß Spyker.

In Schloß Spyker auf Jasmund ist an einer Wand
ein langer roter Blutstreifen zu sehen, der sich troß aller
Mühe, die man darauf verwendet hat, auf keine Art ent=
fernen läßt. Über die Entstehung desselben giebt es fol=
gende Sage.

Ein Mädchen aus Spyker war am Sonnabend Nach=
mittag nach Bobbin zur Beichte gegangen, um am folgenden
Tage das heilige Abendmahl zu nehmen. Als sie nach Spyker
zurückkehrte, herrschte auf dem Gutshofe ein fröhliches Leben
und Treiben: es wurde Binnelklaatsch gefeiert, und schon
hatten die Musikanten angefangen, zum Tanze aufzuspielen.
In dem Mädchen wurde gar bald die Lust rege, an dem
Tanze teilzunehmen. Sie fühlte anfangs zwar einige Be=
denken, und auch von anderer Seite wurde sie darauf auf=
merksam gemacht, daß sich das für sie nicht schicke; aber sie
erwiderte: „Ih wat! Ich will 'n Bummelschottschen danzen,
dat dat ümmer so büwelt!" Bald drehte sie sich mit den

anderen Mädchen im Kreise und war eine der ausgelassensten. Nachdem eine Zeitlang getanzt war, erschien ein feiner Herr, bestellte bei den Musikanten, indem er einen Thaler auf den Teller legte, einen Bummelschottschen und forderte das Mädchen zum Tanze auf. Beide rasten jetzt los, und nachdem sie ein paar Mal in schnellstem Tempo herumgetanzt hatten, verschwanden sie durch das Fenster. Im selben Augenblick zeigte sich unter dem zerbrochenen Fenster an der Wand ein langer Blutstreifen. Das Mädchen aber hat man nie wiedergesehen.

Schon oft hat man versucht, den Blutstreifen zu entfernen. Man hat die Wand neu abgeputzt und übertüncht; aber der Fleck ist wieder zum Vorschein gekommen. Dann hat man die Steine herausgeschlagen und durch neue ersetzt; aber vergebens. Endlich ist die ganze Wand neu aufgeführt worden; aber auch das hat nichts genutzt, denn der Blutstreifen ist noch heute an der Stelle.

Seit jenem Ereignis ist es verboten worden, den Bummelschottschen zu tanzen.

Mitgeteilt von Conrektor P. Grützmacher.

180.

Der Königsstuhl.

Der höchste Punkt der Kreidefelsen an der Ostküste Jasmunds heißt der Königsstuhl, ein Name, welcher höchst wahrscheinlich der hohen imponirenden Lage des Felsens verdankt wird. Auf der dänischen Insel Möen heißt eine ganz ähnlich gebildete Felspartie „Dronninge-Stole" d. i. Königinstuhl. Der Volksmund aber erklärt das Wort Königsstuhl auf mannigfache andere Art.

Die älteste Sage ist wohl die, nach welcher in alten
Zeiten den Königen der Insel auf dem Königsstuhl ge=
huldigt worden ist, wobei sie auf einem hohen, von Erde
künstlich errichteten Stuhle gesessen haben sollen. Man
erzählt, die Rügianer hätten damals ihre Könige selbst ge=
wählt, aber nur den kühnsten dazu genommen, und zum
Beweise der Tapferkeit hätten sie verlangt, daß der König
von der Uferseite her den Stuhl besteigen müsse. Darauf
beruht die alte, noch jetzt von vielen geglaubte Überlieferung,
daß künftig einer, der von der Seeseite her den Königsstuhl
ersteige, Herr des Landes werden solle.

Andere meinen, der Name Königsstuhl sei daher ent=
standen, daß König Karl XII. ein Seegefecht gegen die
Dänen vom Königsstuhl aus beobachtet habe. Noch andere
bringen den Königsstuhl mit Karl XII. so in Verbindung,
daß sie erzählen, es sei bisher niemand außer dem Schweden=
könige geglückt, den Königsstuhl von der Seeseite her zu
ersteigen.

Es soll auch ein unterirdischer Gang existirt haben,
welcher von der Stubbenkammer nach der Herthaburg führte.

Mündlich aus Jasmund und Temme Nr. 137. — Daß der
Königsstuhl nach Karl XII. benannt sei, ist unmöglich, da der
Name „Königsstuhl" bereits 1584 angeführt wird. Vgl. Balt.
Stub. XXIV S. 282.

181.

Einwanderung des Geschlechts von Platen.

Fürst Wizlaw I. von Rügen (1218—1249), welcher
zuerst mit Zalognew, einer Tochter des Herzogs Mestewyn
von Hinterpommern, vermählt war, nahm nach dem Tode
dieser seiner ersten Gemahlin zur Ehe eine Tochter des

Herzogs Otto von Braunschweig und Lüneburg, namens
Margareta. Als diese nach Rügen kam, soll gleichzeitig das
Geschlecht derer von Platen dort eingewandert sein. Denn
dieselben stammen, wie man sagt, von denen von Platen
ab, welche im Lande Braunschweig wohnen.

Th. Kantzow (ed. Kosegarten) I S. 229.

182.

Claus Störtebecker und Gödeke Michael.

Vor vielen Jahren hatten die Bewohner Rügens von
den Einfällen und Brandschatzungen einer gefährlichen See=
räuberbande zu leiden, deren Anführer Claus Störtebecker
und Gödeke Michael hießen. Störtebecker soll von der
Halbinsel Jasmund stammen und eines Bauern Sohn aus
Ruschvitz sein; auf diesem Hofe soll er als Knecht gedient
haben und später von dort entlaufen sein. Im Jahre 1840
fanden Arbeiter von Ruschvitz beim Umackern einer wüsten
Stelle den Grundbau eines Hauses und erzählten damals,
sie hätten immer gehört, daß Störtebeckers Eltern an dieser
Stelle gewohnt hätten. Störtebecker soll von gewaltigem
Körperbau und übermenschlicher Kraft gewesen sein, sodaß
er eiserne Ketten sprengen und ein Hufeisen auseinander
reißen konnte; dazu war er der Liebe nicht abhold und ein
gewaltiger Trinker. Sein Genosse war Michael Gödeke oder
umgekehrt Götke Micheel, auch kurzweg Gömichel, wie der
Volksmund ihn gewöhnlich nennt.

Überall an der Küste hatten die kühnen Seeräuber ihre
Schlupfwinkel, in welchen sie ihre reiche Beute aufspeicherten.
Denn ganz unermeßlich waren die Schätze, welche sie auf
ihren mannigfachen Zügen zusammengeraubt hatten. Zu

Stubbenkammer in der Nähe der beiden Kreidepfeiler, welche
in der halben Höhe des Abhanges emporragen, soll sich eine
Höhle und in dieser die Hauptniederlage Störtebeckers be=
funden haben. Es wird auch wohl erzählt, daß ein Teil
seiner Schätze bei Stubbenkammer im Meere verborgen
liege.

In die Höhle hatte Störtebecker einst eine schöne
Jungfrau gesperrt, die er in einem fernen Lande geraubt
hatte; er hatte ihr den Auftrag gegeben, die Schätze zu
bewachen und die Höhle nicht eher zu verlassen, als bis er
zurückgekehrt sein würde. Unmittelbar darauf aber büßte
Störtebecker seine zahlreichen Räubereien mit dem Leben, und
da er infolge dessen nicht zurückgekehrt ist, sitzt die Jungfrau
bis auf den heutigen Tag dort unten bei ihren Schätzen.
Nur bisweilen kommt um die Mitternachtsstunde das ge=
spenstische Schiff Störtebeckers zum Strande, und die Schatten=
bilder der ehemaligen Seeräuber steigen in die Höhle hinab,
um die dort aufgespeicherten Reichtümer nachzuzählen. Die
Jungfrau aber wartet von Tag zu Tage, daß jemand
komme, um sie zu erlösen.

Auch in der Nähe der Golchaquelle, welche hoch oben
am Felsen der Stubbenkammer entspringt, soll sich eine
Höhle der Seeräuber befunden haben, in welche dieselben
direkt von der See aus hineinfahren konnten, obgleich ihr
Eingang oben am Felsen lag. Ebenso soll Störtebecker auch
in der Herthaburg eine Niederlage und einen Schlupfwinkel
gehabt und besonders sein Winterlager hier gehalten haben;
auch hier soll er von der See aus zu Schiff aus= und ein=
gefahren sein. Zur Erklärung dafür, wie die Schiffe der
Seeräuber an diese hoch oben am Ufer gelegenen Punkte
haben gelangen können, wird angeführt, daß das Wasser der

Oſtſee früher viel höher geſtanden habe als jetzt und ſo das
Einlaufen der Schiffe möglich gemacht habe.

Ferner wird der bei der Oberförſterei Werder auf
Jasmund gelegene, ſogenannte „Schloßwall" als Aufenthalts-
ort Störtebeckers und ſeiner Genoſſen angegeben. Die Süd-
oſtſeite dieſes Walles ſoll vordem von einem See beſpült
worden ſein, welcher durch einen Waſſerlauf mit dem Meere
in Verbindung ſtand, und die zwiſchen Bläſe und Hengſt
gelegene Schlucht, durch welche der Waſſerlauf ſich hindurch-
wand, heißt noch jetzt die Piratenſchlucht. So konnten die
Seeräuber alſo auch hier direkt vom Meere aus in ihre
Schlupfwinkel hineinfahren.

Auch zu Ralswiek, wo ſich ſeit den älteſten Zeiten eine
Hafenanlage befand, ſoll Störtebecker gehauſt haben. —
Sodann wird auch der Venzer Burgwall für einen Schlup-
winkel Störtebeckers ausgegeben. An dem Nordrande dieſes
Walles befindet ſich noch heutigen Tages eine Vertiefung,
und durch dieſelbe ſoll ein Waſſerlauf, der mit der nahe
gelegenen Neuendorfer Wiek in Verbindung ſtand, in das
Innere des Walles geführt haben.

An der Weſtküſte Rügens ſoll Störtebecker zu Ralow,
wo die Raubburg der ſeeräuberiſchen Ralunken lag, ſein
Unweſen getrieben haben. Mit den beiden Brüdern, welche
auf dieſer Burg hauſten, ſoll er in Verbindung geſtanden und
gemeinſchaftlich mit ihnen manches vorüberſegelnde Handels-
ſchiff weggekapert haben. — Auch auf dem landeinwärts von
Ralow gelegenen Carower See ſoll Störtebecker heimiſch geweſen ſein; manche wollen ſogar wiſſen, daß er in dieſem
See ertrunken ſei.

Endlich ſoll Störtebecker nebſt ſeinem Genoſſen Göb'
Micheel auch die Bullerhürn auf Wittow als Schlupfwinkel

benutzt haben. Die Seeräuber besaßen hier eine Höhle, in welche sie ihre geraubten Schätze bargen. Leider hat man diese Höhle nach dem Untergange der Seeräuber nicht auffinden können; solange aber die Schätze, an denen viel unschuldiges Blut kleben soll, nicht aufgedeckt sind, haben die Seeräuber keine Ruhe im Grabe und spuken oder „bullern" unausgesetzt in der Meeresbucht herum.

Auf ihren Beutezügen richteten Störtebecker und Gödeke Michael ihre Angriffe vornehmlich gegen reiche Leute; den Armen aber thaten sie nie etwas Böses, ja sie unterstützten dieselben wohl gar mit Geld und gaben dann reichliche Gaben. Eines Tages ging Störtebecker durch ein rügensches Dorf, da sah er vor der Hausthüre eine Frau sitzen, die ein Paar Beinkleider flicken wollte. Es fehlte ihr aber ein Stück Zeug dazu. Da warf ihr Störtebecker einen Lappen Tuch hin, und als die Frau denselben umwendete, klebten an der Rückseite lauter blanke Goldstücke. — In Hagen auf Jasmund saß einst ein Mann vor der Hausthür und weinte; er sollte aus dem Hause ausziehen, weil er die rückständige Miete nicht bezahlen konnte. Da kam Störtebecker durch das Dorf; er sah den Alten und fragte ihn, was ihm fehlte. Und als er die Not des Mannes vernommen hatte, gab er ihm so viel Geld, daß er auf mehrere Jahre hinaus die Miete für die Wohnung bezahlen konnte.

In ähnlicher Weise hat er einst einer Frau in Bobbin geholfen. Sie war eine arme Witwe und sollte, da sie die Wohnungsmiete nicht zahlen konnte, das Haus räumen. Da soll ihr Störtebecker so viel Geld gegeben haben, daß sie nie wieder in Not kam. Das betreffende Haus ist noch jetzt in Bobbin vorhanden.

Lange Zeit hindurch hausten die von jedermann ge-

fürchteten Seeräuber ungestört in den rügenschen Gewässern.
Endlich aber gelang es den Rügianern doch, ihrer habhaft
zu werden. Störtebecker sowohl wie sein Genosse Michel
Göbele wurden gefesselt eingebracht und zum Tode verurteilt.
Sie suchten zwar dem Verderben zu entgehen und versprachen,
sich mit einer goldenen Kette zu lösen, welche rings um die
Mauern der Stadt Hamburg herumreiche. Aber die Leute
in Rügen ließen sich durch solche Versprechungen nicht blenden;
sie waren froh, ihre Plagegeister in ihre Gewalt bekommen
zu haben, und das Urteil wurde an ihnen vom Henker voll=
zogen. Noch heute zeigt man die Stelle, wo die beiden
Räuber getötet und ihre Leichname eingescharrt sind; es ist
das eine kleine Lichtung, welche inmitten der Stubbnitz ge=
legen ist.

Die Schiffe der Seeräuber wurden auf Abbruch ver=
kauft, und dabei erstand sich ein armer Tagelöhner die
Mastbäume, um sie als Brennholz in seinem kleinen Haus=
halte zu verwenden. Wie er sich nun daran machte, die
Masten in Stücke zu sägen, siehe, da fielen statt der Säge=
späne kleine, blanke Körnchen zur Erde. Er schaute näher
zu, und da ergab es sich, daß sämtliche Mastbäume inwendig
hohl und die Höhlungen mit lauterem Golde gefüllt waren.
Das war das Gold, aus welchem Störtebecker die Kette
hatte anfertigen wollen, die er als Lösegeld in Aussicht ge=
stellt hatte. Der arme Tagelöhner aber wurde durch die
gefundenen Schätze ein steinreicher Mann, daß er genug hatte
sein Leben lang.

Wenn in der eben angeführten Sage die von Störte=
becker versprochene Kette bereits auf Hamburg hinwies, so
tritt diese Beziehung noch deutlicher hervor in einer anderen,
ebenfalls auf Rügen heimischen Sage.

Als einmal die Seeräuberflotte, so erzählt man sich, auf offener See vor Anker lag, näherten sich ihr die rügenschen Fischer in der Dunkelheit der Nacht, ohne von jenen bemerkt zu werden. Da die Rügenschen zu schwach waren, um die Seeräuber zu überwältigen, so verkeilten sie die Steuer der feindlichen Schiffe, so daß sie dieselben am anderen Tage bei der auffrischenden Brise nicht gebrauchen konnten. Der Wind trieb die Schiffe vielmehr in der Richtung hin, welche das unbewegliche Steuer angab. Auf diese Weise kamen die Seeräuber direkt nach Hamburg, wo sie dann gefangen genommen wurden.

Über die Gefangennahme Störtebeckers durch die Hamburger giebt es noch eine andere Sage, welche sich freilich mit dem schon Angeführten zum Teil deckt. Diese Sage lautet folgendermaßen: Die beiden Seeräuber Claus Störtebecker und Göte Micheel lagen eines Tages mit ihrem Schiffe in der Nähe von Hamburg. Ringsumher war kein anderes Schiff zu sehen, nur ein kleines Fischerboot lag in einiger Entfernung. Die Räuber ließen es jedoch unbeachtet; sie meinten, da wäre doch nichts zu holen, und daß das kleine Boot ihnen Schaden bringen könne, daran dachten sie nicht im entferntesten. Der Fischer aber, der im Boote saß und die Seeräuber wohl kannte, gab genau acht auf alles. Als es nun gegen Mittag sehr heiß wurde und die Räuber allmählich einschliefen, kam der Fischer herbei und goß die Angeln des Steuerruders mit Blei aus, so daß sie unbeweglich waren. Dann segelte er schnell nach Hamburg, rief Leute herbei, bemannte einige Schiffe und führte sie dahin, wo das Schiff der Seeräuber lag. Diese wollten schnell entfliehen, aber sie konnten nicht, da sie das Steuer nicht in ihrer Gewalt hatten. Deshalb mußten sie sich ge-

fangen geben. Störtebecker und Michel Göbele suchten nun
ihr Leben loszukaufen, indem sie den Richtern große Schätze
und eine goldene Kette anboten, die dreimal um Hamburg
reiche. Die Richter ließen sich aber auf solche Versprechungen
nicht ein und verurteilten die Räuber zum Tode.

Über den Tod Störtebeckers wird erzählt, daß dieser
kühne, starke Mann, als ihm bereits der Kopf abgehauen
war, noch eine ziemliche Strecke fortgelaufen sei, bis ihm
ein Gehülfe des Scharfrichters einen Richtblock vor die Füße
warf, über den der enthauptete Seeräuber stolperte und zu
Fall kam. Eine andere Fassung der Sage fügt noch hinzu:
Als Störtebecker geköpft werden sollte, standen seine mit-
gefangenen Spießgesellen in einer langen Reihe neben dem
Richtblocke. Da sprach der Richter zu Störtebecker, wenn er,
nachdem ihm der Kopf abgehauen sei, noch umherlaufen könne,
so sollten alle diejenigen seiner Gefährten, an welchen er
vorbeilaufen würde, frei sein. Darauf lief Störtebecker, als
er seinen Kopf bereits verloren hatte, ein ganzes Stück an
der Reihe seiner Gefährten entlang, bis er endlich doch
zusammenbrach.

Nachdem die Hamburger die gefangenen Seeräuber enthauptet hatten, schickten sie eine Kommission nach Rügen
zur Auffindung der von Störtebecker und Michel Göbele
geraubten und auf der Insel vergrabenen Schätze. Ein
Bauer aus Saßnitz, der den Seeräubern gedient hatte, ver-
riet den Hamburgern die betreffende Stelle. Sie lag in dem
Winkel, welchen der Prißnitzer und der Kühlen-Bach in der
Stubbnitz bilden. Und in der That soll hier ein Teil des
Geraubten wieder zu Tage gefördert worden sein. Auch in
dem Venzer Burgwalle sollen noch große Schätze verborgen
sein, die die Seeräuber hier einst vergraben haben; besonders

erzählt man dies von jener großen goldenen Kette, die dreimal um die Mauern der Stadt Hamburg reiche. Die Kunde hiervon muß auch anderswo verbreitet sein. Denn vor vielen Jahren kam ein Jude ins Land, der bot Herrn von Barnekow auf Teschvitz, dem Besitzer des Burgwalles, eine große Summe Geldes an, wenn er ihm erlauben wollte, den Wall abzutragen und die darin befindlichen Schätze aufzusuchen, doch hat er die Erlaubnis dazu nicht erhalten.

So hat sich auf Rügen ein reicher Kranz von Sagen um die Gestalt der ehemaligen Seeräuber gebildet, und die Erinnerung an ihre Thaten hat sich bis auf den heutigen Tag lebendig erhalten. Die Worte „Störtebecker kommt!" dienten noch bis vor kurzem als Schreckruf für störrische und weinende Kinder.

Von dem alten Störtebeckerliede aber, welches noch im Anfange dieses Jahrhunderts auf Rügen bekannt war, findet sich jetzt im Volksmunde keine Kunde mehr. Der erste Vers des Liedes lautete im plattdeutschen Texte:

Störtebecker un Gödeke Micheel,
De roveden beide to lieken Deel
To Water un nich to Lande
So lange, dat it Gode im Himmel verdrot;
Des mußten se lieden grote Schande.

Meist nach mündlichen Quellen aus verschiedenen Teilen der Insel. — Manche Züge der Sage finden sich schon in den älteren Geschichtsquellen: Mikrälius kennt den Aufenthalt Störtebeckers in der Stubbenkammer, Lemnius lokalisiert den Seeräuber im Schloßwall bei Werder, Wackenroder (S. 289 f.) im Venzer Burgwall ꝛc. Vgl. noch Am Urdsbrunnen V S. 17 f.

183.

Das Störtebeckerlied.

In neuhochdeutscher Übertragung.

1. Störtebecker und Gödtmicheel,
   Die raubten beide zu gleichem Teil,
   Zu Wasser und nicht zu Lande,
   Bis daß es Gott im Himmel verdroß:
   Des mußten sie leiden große Schande.

2. Sie zogen vor den heidnischen Sultan,
   Die Heiden wollten eine Wirtschaft han,
   Seine Tochter wollt' er beraten.
   Sie rissen und splissen wie zwei wilde Bären;
   Hamburger Bier trunken sie gern.

3. Störtebecker sprach sich allzuhand:
   „Die Westersee ist uns wohlbekannt;
   Das will ich uns wohl holen.
   Die reichen Kaufleut von Hamburg
   Sollen uns das Gelag bezahlen."

4. Sie liefen ostwärts lange Zeit.
   „Hamburg, Hamburg, thu deinen Fleiß!
   An uns kannst du nicht gewinnen.
   Was wir jetzt wollen bei dir thun,
   Das wollen wir bald beginnen."

5. Und dieses hört ein schneller Bote,
   Der war von klugem Rate;
   Kam in Hamburg gelaufen;
   Er fragt nach des ältesten Burgemeisters Haus;
   Den Rat fand er zu Hausen.

6. „Ihr Herren von Hamburg all in Gott,
   Nehmt diese Red' nicht für ein' Spott,
   Die ich euch itzt will sagen;
   Der Feind liegt euch gar nahe bei,
   Er liegt am wilden Have.

7. Der Feind liegt nah euch vor der Thür,
   Des habt ihr Herren zweier Kür;
   Er lieget dort am Sande.
   Laßt ihr ihn wieder von hinnen ziehn,
   So habt ihr Hamburger große Schande."

8. Der ält'ste Burgemeister sprach sich zuhand:
   „Gutes Gesellchen, du bist uns unbekannt;
   Wobei sollen wir dir's glauben?"
   „Das sollt ihr, eble Herren, thun,
   Beim teuren Eid und Treuen.

9. Und setzt mich auf euer Vorkasteel,
   So lange bis ihr eure Feinde seht,
   Wohl zu derselben Stunde;
   Merkt ihr an mir einen bunklen Wahn,
   So senkt mich zum tiefsten Grunde."

10. Die Herren von Hamburg beschlossen einen Rat;
    Sie gingen zu Segel wohl mit der Flate
    Hin nach dem neuen Werke.
    Für Nebel konnten sie sehen nicht,
    So finster waren die Schwerke.

11. Die Sonn' brach durch, die Wolken wurden klar;
    Sie segelten fort und kamen dar;
    Großen Preis wollten sie erwerben.
    Störtebecker und Gödtmicheel,
    Die mußten barum sterben.

12. Sie hatten ein Holk mit Wein genommen,
Damit waren sie auf die Weser kommen,
Dem Kaufmann bar zu Leibe.
Sie wollten damit in Flandern reisen:
Aber sie mußten davon scheiden.

13. „Hört auf, Gesellen, trinkt nun nicht mehr!
Dort laufen drei Schiff in jener See;
Uns grauset vor der Hamburger Knechten.
Kommen uns die von Hamburg an Bord,
Mit ihnen müssen wir fechten."

14. Sie brachten die Büchsen wohl an die Bord,
Mit allen Schüssen gingen sie fort.
Da hört man die Büchsen klingen,
Da sah man so manchen stolzen Held,
Sein Leben zum Ende bringen.

15. Sie schlugen sich drei Tag' und drei Nacht;
„Hamburg, dir war ein Böses gedacht
Wohl zu derselben Stunden;
Das uns ist lang zuvor gesagt,
Das haben wir jetzt befunden."

16. Die „bunte Kuh" aus Flandern kam,
Wiebald sie das Gerücht vernahm,
Mit ihren starken Hörnen.
Sie ging ganz brausend durch die See,
Den Holk wollte sie verstören.

17. Der Schiffer sprach zu dem Steuermann:
„Treibt uns das Ruder zum Steuerbord an!
So bleibt der Holk am Winde.
Wir wollen ihm laufen sein Vorkasteel entzwei;
Das soll er bald befinden."

18. Sie liefen ihm entzwei sein Vorkasteel.
 „Traun," sprach sich Göbtke Micheel,
 „Die Zeit ist nun gekommen,
 Daß wir müssen fechten für unser beider Leib,
 Es mag uns schaden oder frommen."

19. Störtebecker sprach sich allzuhand:
 „Ihr Herren von Hamburg, thut uns kein Gewalt!
 Wir wollen auch das Gut aufgeben,
 Wollt ihr uns stehen vor Leib und Gesund,
 Und fristen unser junges Leben."

20. Es sprach Herr Simon von Utrecht:
 „Gebt euch gefangen auf ein Recht,
 Und laßt's euch nicht verdrießen!
 Habt ihr dem Kaufmann kein Leibs gethan,
 So werdet ihr's genießen."

21. Als sie gegen die Richtstatt kamen,
 Viel Gutes sie dar nicht vernahmen;
 Sie sahen viel Köpfe stecken.
 „Ihr Herren, das sind unsre Mitkumpan!"
 Also sprach Störtebecker.

22. Sie wurden gen Hamburg in die Hacht gebracht;
 Sie saßen nicht länger als eine Nacht.
 Das Todesurteil ward ihnen gesagt.
 Von Frauen und Jungfrauen
 Ihr Tod ward also sehr beklagt.

23. „Ihr Herren von Hamburg, wir haben eine Bitt,
 Die wollet ihr uns versagen nit,
 Und bringt euch auch keine Schande:
 Daß wir den traurigen Berg angehn
 In unserm allerbesten Gewande."

24. Die Herren von Hamburg thaten ihnen die Ehre an,
    Sie ließen ihnen Pfeifen und Trummeln vorgahn;
    Sie hätten es lieber entbehret.
    Wären sie wieder in der Heidenschaft gewest,
    Sie wären nicht wiedergekehret.

25. Der Scharfrichter hieß sich Rosenfeld;
    Er hieb so manchen stolzen Held
    Mit seinem frischen Mute.
    Er stund in seinen geschnürten Schuhen
    Bis an die Enkel im Blute.

26. „Hamburg, Hamburg, des geb' ich dir den Preis;
    Die Seeräuber wurden es nun weis:
    Um beinetwillen mußten sie sterben.
    Des magst du von Gold eine Krone tragen;
    Den Preis hast du erworben."

Baltische Studien XIV 2, Seite 26 ff. Der Pastor von Willich zu Sagard schrieb um das Jahr 1800 den Text des Liedes, wie es vorstehend mitgeteilt ist, aus dem Munde eines der ältesten Männer Jasmunds auf, welcher das Lied auswendig wußte.

184.

Die Kuh mit den vergoldeten Hörnern.

Zur Zeit des dreißigjährigen Krieges gab es schließlich auf ganz Rügen keine Kühe mehr. Nur ein Landmann auf Jasmund hatte noch zwei Kühe; die hatte er in einer Höhle verborgen, welche er zwischen dem Dubberwort und einem anderen in der Nähe gelegenen, kleineren Hügel angelegt hatte. Da ließ der König von Schweden den Befehl ergehen, wer noch eine Kuh habe, der solle sie bringen; denn ihr sollten die Hörner vergoldet werden. Als der Landmann infolge dieser Aufforderung nach seinen Kühen sah, fand er nur noch eine am Leben. Diese brachte er nun zum Vorschein, und der König ließ ihr, als der einzigen Kuh, die noch auf Rügen vorhanden war, die Hörner vergolden.

Mündlich aus Bergen. — Vgl. Haas: Beiträge zur Gesch. der Stadt Bergen S. 86.

185.
Die Krone des Großen Kurfürsten.

Vor vielen, vielen Jahren ist ein König von Preußen bei Neukamp auf Rügen gelandet und hat daselbst mit König Karl XII. von Schweden um das Land Rügen gekämpft. Der König von Preußen wurde aber besiegt und mußte sich nach Pommern zurückziehen. Dabei verlor er, so recht zwischen Neukamp und Wusterhusen, seine Königskrone, die alsbald in die Tiefe des Meeres versank. Und von da hat sie auch nicht wieder heraufgeholt werden können. Nur bisweilen tritt sie an die Oberfläche des Meeres, und dann kann man sie aus der Ferne blinken sehen. Wegen dieser verlorenen Krone haben die Könige von Preußen auch nicht von dem Lande gelassen und noch oft und viele große Kriege um dasselbe geführt, bis sie es endlich in ihren Besitz bekommen haben.

Balt. Studien 13, 2 S. 217. — Vgl. E. M. Arndt: Erinnerungen aus dem äußeren Leben S. 45 (ed. Geerds): Da, wo der Kirchturm von Wusterhusen ragt, ist ein König mit der goldenen Krone ins Meer gesprungen: noch blinkt sein Kopf mit der goldenen Krone in der Johannismitternacht hervor.

186.
Wrangels Tod auf Schloß Spyker.

Graf Karl Gustav Wrangel, der bekannte schwedische Feldherr im dreißigjährigen Kriege, erhielt nach Beendigung deßelben die Herrschaft Spyker auf Rügen von der Königin geschenkt. Hier hat er dann bis zum Jahre 1676 gelebt; am 24. Juni dieses Jahres aber machte ein plötzlicher Tod seinem Leben ein Ende. Über seinen Tod verbreitete sich bald nachher folgende Sage.

Es ist das Geschrei bekannt und sehr gemein, daß des Abends vor Wrangels Tode der Stralsundsche Scharfrichter mit verbundenen Augen über Wasser war geholt worden durch zwei Offiziere, die ihn in einen herrlichen Saal gebracht, allwo viele vermaskete Personen und schwarz bekleidete Diener gestanden, die Thüre mit starker Wache versehen gewesen und auf dem Boden eine große schwarze Sammet-Decke, mit golbenen Frangen borbirt, gelegen, auf welcher zwei große silberne Leuchter mit schwarzen Wachskerzen, so gebrandt, gestanden. Nach welchem eine kleine Weile eine vermaskete Person im langen seidenen Schlafrock, ein Buch in den Händen haltend, von vielen vermummten Leuten hereingebracht worden, welche sich auf die schwarze Decke gesetzt, und habe der Scharfrichter auf gegebenes Zeichen an solcher Person sein Amt verrichten und ihm den Kopf abschlagen müssen, da denn nach geschehener Sache der Scharfrichter wieder nach Hause gebracht auf die Art, wie er gekommen, und in Stralsund ihm das Geld für seine Arbeit gezahlt worden. — Weil nun gleich darauf den folgenden Tag das Geschrei entstanden, daß Wrangel zur Nacht am Schlagfluß gestorben, und man nicht wußte, daß ein Vornehmer sollte becollirt sein, so schließen die Leute teilweise gleich, daß solche Person müsse der Feldherr Wrangel gewesen sein.

J. von Bohlen: Der Bischofs-Roggen auf Rügen S. 34 f. — Vgl. Monatsblätter V, 1891, S. 58 f.

187.

Karls XII. Mittagsmahl auf dem Steine bei Nadelitz.

Als die Preußen und Dänen bei Stresow auf der Insel Rügen gelandet waren, zog ihnen König Karl XII. von Schweden entgegen, um sich mit ihnen zu messen. Von Stralsund kommend, schlug er die Landstraße über Garz und Putbus ein. Um die Mittagszeit war er bis in die Nähe von Nadelitz gekommen. Bei dem Könige sowohl, als auch bei seiner Umgebung hatten sich Hunger und Durst eingestellt, und als der König einen unmittelbar neben der Landstraße liegenden großen Felsblock bemerkte, ließ er Halt machen und sprach: „Hier hat uns die Natur selbst eine Mittagstafel bereitet; hier wollen wir speisen und uns zu dem bevorstehenden Strauße stärken.“

Wie der König befohlen hatte, so geschah es. Das Andenken an dieses Königsmahl hat sich aber bis auf den heutigen Tag im Munde des Volkes erhalten, und die Um=wohnenden erzählen, wenn sie an dem Steine vorüberkommen, gerne von diesem Ereignisse aus dem Leben des großen Schwedenkönigs.

Nach Sundine 1833 S. 148 und mündlich.

188.

Das Gefecht bei Stresow am 16. Nov. 1715.

I.

In Stresow weiß man noch viel zu erzählen von dem Kriege, den König Carolus mit den Dänen geführt hat. Der König lag mit seiner Mannschaft um Stresow herum, und die Dänen kamen zu Schiffe um Mönchgut und wollten bei Stresow landen. Nun zieht sich aber vom Vilm aus ein flaches Schar gegen Rebbevitz hinein, und die Schiffe müssen sich wohl vorsehen, daß sie nicht auflaufen. Die Dänen hatten keinen Lotsen und wußten nicht, wie sie das Fahrwasser finden sollten. Da wurde ein Mann aus Stresow, mit Namen Meußling, der Verräter. Der spreitet ein weißes Laken auf sein Hausdach, da sollen sie darauf los halten, und so kommen die Dänen auch gut ans Land. Das Haus steht noch (1856), wodurch Meußling die Dänen hereingelotst hat; es wohnt jetzt der Kätner Pahl darin. Es ist ein altes Gebäude mit großem, tief herabhängendem Dache, unter dem sich Menschen und Vieh gemeinsam befinden. Die geräumige Lehmbiele ist zugleich Hausbiele und Futtergang; alles von Rauch schwarz. (Von verschiedenen Personen und zu verschiedenen Malen in Stresow gehört.)

II.

Der schwedische General ist Baßwitz gewesen. Der hat auch mehr gekonnt als sonst jederein (de het ôk mihr kunt as sûs jederên). Und als nun die Dänen landen, bittet er den König, er solle ihm noch eine Stunde Zeit geben; dann will er die Stresower Tannen vorziehen, daß die Dänen sich darauf erst abschießen. Carolus hat aber so viel Hast gehabt, daß er angreifen will. Da bittet Baßwitz um eine halbe Stunde. „Nein!" ist die Antwort des Königs. „„Na, denn eine Viertelstunde."" „Auch nicht." Zuletzt hat er nur so viel Zeit haben wollen, um eine Schneidlade Häcksel auszuschneiden ('ne Schnidlåd Hackels uttoschniden); aus jeder Häckerlingspfeise wollte er einen Soldaten machen. Carolus hat ihm auch die Zeit nicht geben wollen. „Baßwitz,

wird dir bange?" fragt er ihn. „„Nein, königliche Majestät;
an meinem grauen Haupte ist nichts versehen; wenn Ihnen
mit meinem Blute gedient ist, dann gleich auf der Stelle!""
Und so rückt er gegen die Dänen an und hat sein Leben
dort lassen müssen. Carolus aber hat sich fortgemacht.

Als die Dänen nun schon gewonnen haben, fährt ein
schwedischer Konstabler mit Namen Tessin immer fort, aus
seiner Kanone zu schießen, so daß sie ihm nicht beikommen
können. Die ganze Bedienungsmannschaft ist gefallen, er
bedient allein sein Geschütz und schießt, bis auch er endlich
fällt. Der Berg bei Stresow, welchen der Konstabler so ver-
teidigt hat, heißt noch heute nach ihm der Tessenberg. (Im
Jahre 1856 gehört von einer Fischerfamilie in Stresow,
aus der der Hausvater und die Hausmutter bereits in den
Siebzigern sind. Die Frau behauptet, ihre väterliche Familie
habe so lange in Stresow gewohnt, als das Dorf gestanden
habe, und das sei schon, sie weiß nicht, wie viele Jahrhunderte.)

Übereinstimmend hiermit hörte ich die Geschichte im
Jahre 1862 von dem alten blinden Kossaten Bandelin in
Glowe auf Jasmund. Bei Erwähnung des Häckerlings-
schneidens fügte er hinzu: Den Häcksel hat er säen wollen,
und aus jeder Häckerlingspfeife sollte dann ein Soldat werden.

Der Stellmacher Ewert in Casnevitz wußte weiter
noch (1859): Baswitz hat ein Spiel Karten auf das Wasser
geworfen, und die sind Schiffe geworden. Die Tannen hat
er vorziehen wollen, und die sind eben in der Verwandlung
gewesen, aber der König hat ihm keine Zeit mehr gelassen.

Dr. R. Baier: Stralf. Geschichten in der Sonntags-Beilage
der Stralf. Zeitung 1894, Nr. 20, S. 87. — Die Sage von dem
ausgehängten Laken ist vermutlich dadurch entstanden, daß von
der landenden Flotte ein Matrose vorausgeschickt wurde, der zum

Zeichen der Sicherheit am Lande eine Fahne aufstecken mußte. Vgl. Relation von dem Embarquement derer Trouppes. Greiffswald, 18. Nov. 1715.

189.

Der letzte Rotermund.

Die Familie Rotermund, welche zu dem ältesten Adel der Insel Rügen gehörte, hatte viele Jahre zu Bolbevitz bei Gingst gewohnt. Im vorigen Jahrhundert aber starb die Familie aus. Der letzte männliche Sprosse dieser Familie soll ein leidenschaftlicher Spieler gewesen sein. Einst hatte er eine Spielpartie bei sich veranstaltet, durch welche er sein ganzes Hab und Gut verlor. Schon hatte er sein Erbgut, sein Geld und seine Kostbarkeiten, ja selbst die Schmuck= gegenstände seiner Frau verspielt, da reichte ihm die letztere ihre mit kostbaren Edelsteinen verzierte Kagel (Zipfelmütze). Mit dieser gewann der Gatte nicht nur alles Verlorene zurück, sondern auch noch ansehnlich darüber, sobaß er auf dem Gute bis zu seinem Tode wohnen konnte.

R. S(chneibe)r S. 198 f. — Dähnert erklärt Kagel als eine Frauenkappe mit einem um die Schultern hangenden Kragen; inwendig war die Kagel gemeiniglich zur Wärmung rauh ge= futtert. Im Westfälischen heißt die Bienenmütze „Imenkuegel" (Kuhn II S. 65).

190.

Aussterben adliger Geschlechter.

Zur Schwedenzeit soll es Brauch gewesen sein, daß der, welcher zuerst die Nachricht von dem Aussterben eines abligen Geschlechtes dem Könige oder dessen Stellvertreter überbrachte,

Erbe der Güter dieses Geschlechtes wurde. So geschah es auch beim Aussterben des Geschlechtes von Z. Ein alter Diener des Hauses meldete den Tod seines ohne Erben verstorbenen Herrn dem Generalfeldmarschall von B., welcher im Namen des Königs in Schwedisch = Pommern regierte. Dem Diener soll für diese Nachricht das Gut Zessin als Eigentum überwiesen worden sein.

Mündlich.

XX

Erzählungen, Schwänke, Bauernstreiche, Vermischtes.

191.

Der Himmel steht offen.

Wenn man zwölf Tage vor Weihnachten auf der Straße geht und kommt an einen Kreuzweg, so sieht man, wenn man den Blick aufwärts schlägt, den Himmel offen und alles, was im Himmel ist. Das ist aber auch das einzige Mal im Jahre, wo dem Menschen ein solches Glück vergönnt ist.

Andere sagen, daß man auch am Johannistage des Nachts zwischen 12 und 1 Uhr am Kreuzwege den Himmel offen sehen könne.

Mündlich.

192.

Die verdorrte Hand in der Kirche zu Bergen.

In der Kirche zu Bergen wurde bis in die erste Hälfte dieses Jahrhunderts eine verdorrte Hand aufbewahrt, welche von einem Vatermörder herrühren und nach dessen Tode aus

dem Grabe hervorgewachsen sein soll. So oft man auch
versuchte, die Hand von neuem in die Gruft zu legen, stets
kam sie wieder hervor, bis man sie endlich abhieb und in
der Kirche niederlegte. Solche Strafe trifft aber alle die=
jenigen, welche ihre Hand gegen die eigenen Eltern erheben.

Mündlich aus Bergen. — Ähnliches meldet die zuerst von
Chr. Zickermann (Hist. Nachricht von den alten Einwohnern in
Pommern S. 87) mitgeteilte Sage über zwei ungeratene Kinder
in Stettin, deren Hände in der dortigen Peter= und Paulskirche
aufbewahrt wurden.

193.
Die Kindtaufe auf Ammanz.

Es wird ein seltsamer Casus erzählt, der zur Zeit des
Pastors Kölling (1560—1600) auf Ummanz sich zugetragen.
Es war der Pastor einmal nach Pommern verreiset und in
die acht Tage abwesend. Wie nun eben ein Kind zur heiligen
Taufe sollte befördert werden, wollte der Vater dasselbe
nach dem benachbarten Prediger nicht senden und denselben
bemühen, sondern es bot ein gewisser Bauer seine willigen
Dienste dazu an und verrichtete das heilige Werk. Nachdem
er zu drei Malen das Kind mit Wasser benetzet, verlangte
der Vater in seiner Bauersprache: „He schulde em noch
eenen Gäte (d. i. Guß) gefen", damit das Kind desto glück=
licher sein möchte. Allein der ungebetene Priester that solches
nicht, und ist es bei dieser Taufe hernach verblieben.

Wie dies Ding bekannt wurde, reiste der Herr Präpositus
Alexander Runge dahin, eine Inspektion anzustellen. Der
gute Kumpan saß eben auf dem Dache und deckte sein Haus,
als der Präpositus ihm zurief: „Ei, lieber Kollege, kommt
doch ein wenig herunter!" Er wollte zwar das Reißaus

13*

geben, ward aber eingeholt und mußte eine gute Weile dafür
im Gefängnis paufiren.

Wackenrober S. 341.

194.
Der gute Hirte.

Der Schäfer Johann Matthies war eines Sonntags
in die Kirche gegangen und hatte seinen unzertrennlichen
Begleiter, den getreuen Schäferhund „Seemann", mitge=
nommen. — Der Pastor predigte über das Evangelium vom
guten Hirten und sagte in der Ausführung unter anderem:
„Ein guter Hirte verläßt niemals seine Schafe, er weilt
Tag und Nacht bei ihnen und bleibt keine Stunde von ihnen
fern". Da sagte der Schäfer: „Kumm fir, mien Hund,
be Mann föngt an to sticheln", und verließ alsbald die Kirche.

Mündlich.

195.
Der lahme Pastor.

In einem rügenschen Kirchdorfe lebte ein Pastor, der
war auf einem Fuße lahm und hinkte, und wenn er Sonn=
tags zur Kirche gehen sollte, mußte ihn der Küster auf
seinem Rücken dahin tragen. Diesem Pastor wurden alle
Jahre im Herbste die besten Hammel gestohlen, ohne daß
er je hätte dahinter kommen können, wer die Diebe waren.
Als nun einst wieder der Herbst herankam, mußte der Küster
des Nachts bei den Hammeln Wache halten. Und wirklich
gelang es ihm eines Nachts, die Diebe auf frischer That zu
ertappen. Da es aber zwei Mann waren, so wagte er es
nicht, ihnen allein entgegenzutreten, sondern nachdem er ge=

sehen hatte, daß sie einen Hammel geholt und abgeschlachtet
hatten, ging er nach dem Pfarrgehöfte, um den Pastor
zu wecken.

Während er dorthin ging, hatten die Diebe den Hammel
geschlachtet, und der eine derselben war zurückgegangen, um
einen zweiten Hammel zu holen. Bevor der aber zurückkam,
erschien der Küster, den Pastor auf dem Rücken tragend,
an der Kirchhofsmauer. Nun war es aber eine ziemlich
dunkle Nacht, denn Mond und Sterne waren durch Wolken
verdeckt, und so meinte der Dieb, der bei dem geschlachteten
Hammel zurückgeblieben war, der Ankommende wäre sein
Genosse mit dem zweiten Hammel. Deshalb rief er ihm
zu: „Hest du em, denn bring em man her, dat wi em hier
glieks de Görgel affschnieden".

Kaum hatte der Pastor das gehört, so glitt er vom
Rücken seines Untergebenen herunter und lief trotz seines
lahmen Fußes spornstreichs davon, sodaß der Küster kaum
gleichen Schritt halten konnte. Die Diebe entkamen ungehindert mit ihrer Beute. Aber der Küster hatte doch den
Vorteil davon, daß er von jetzt ab den Pastor nicht mehr
zur Kirche zu tragen brauchte, denn dieser hatte seit jener
Nacht wieder gelernt, seine eigenen Füße zu gebrauchen.

Mündlich aus Bergen. — Dieselbe Geschichte findet sich in
ähnlicher Fassung bereits bei Pauli: Schimpf und Ernst 1522.

196.

Das Orakel in der Sylvesternacht.

Ein Mädchen diente bei einem jungen Ehepaare. Als
Weihnachten kam, da sagte die Frau zu dem Mädchen:
Wenn sie wissen wolle, wie ihr zukünftiger Mann aussehe,

müſſe ſie ſich in der Neujahrsnacht nackt ausziehen, ein Stück
Zeug, eine Nadel und einen Fingerhut, aber keinen Faden,
zur Hand nehmen und ſo thun, als ob ſie nähte. Dabei
müſſe ſie fortwährend ſprechen:

Ick neig un neig un hewm keenen Faden;

Wer kümmt, wer kümmt un bringt mi'n Faden?
dann werde der Zukünftige kommen und ihr einen Faden
über die Schultern hängen.

Das Mädchen war neugierig und that, wie ihre Herrin
ihr geſagt hatte. Aber ſie traute kaum ihren Augen, als
ihr eigener Dienſtherr erſchien und ihr den Faden umhängte.
— Am anderen Morgen fragte die Frau, ob ſie gethan
hätte, was ſie ihr geſagt, und wer zu ihr gekommen wäre.
Da antwortete das Mädchen: De Herr.

Einige Zeit ſpäter ſtarb die Frau, und nun heiratete
der Herr wirklich das Mädchen.

Mündlich aus Trent.

197.

Hack up, ſo fret ick di.

Auf Rügen, beſonders in der Gegend von Altefähr,
hat man ein Sprichwort: Hack up, ſo fret ick di. Davon
erzählt man ſich folgende Geſchichte.

Es war einmal auf Rügen ein nichtsnutiger Knecht,
der keine Erbſen eſſen mochte. Wenn nun dem Geſinde
Erbſen vorgeſetzt wurden, ſo fuhr er mit dem umgekehrten
Löffel hinein, ſodaß er nichts davon bekam, und ſprach dabei
höhniſch die Worte: „Hack up, ſo fret ick di.“

Demſelben Knecht ging es aber nachher ſehr ſchlecht,
und er kam nach einiger Zeit ganz arm und hungrig zu

seinem vorigen Herrn und bat den um Gotteswillen um
ein Gericht Erbsen. Da nahm der Herr eine Schaufel,
mit der fuhr er verkehrt in einen Haufen Erbsen und sprach
zu dem Knechte: „Hack up, so met ick bi."

Temme Nr. 270. — Die Geschichte ist mir aus verschiedenen
Gegenden Rügens mitgeteilt. — „Hall up, so ät ill bi" führt
Dähnert im Plattd. Wörterb. an als Sprichwort bei einer Kost,
die dem Gesinde nicht ansteht.

198.
De düsige Buer.

Doe was mal ees een Buer, de harr veel Geld, öwer
he was 'n bäten düsig. Dat gung so to. De Buer harr
ees eenen Hamel, de was verbreijt. Wiel he em nu nich
gliek schlachten wull, versöcht he, em de Dreihkrankheit ut-
tobrieben. He greep sick den Hamel in'n Stall un hull
em so, dat de Kopp von den Hamel fast an de Stalldöhr
leeg. Buten vöe de Döhr stunn de Schäper mit de Kühl
un sull nu mit alle Gewalt gegen de Döhr haugen, doemit
de Dreihworm in den Hamel sien' Kopp boot blew. In
densülwigen Oogenblick öwer, as de Buer den Schäper toreep:
„So, nu man to!" wurr de Hamel unruhig, un as de
Schäper toschlög, harr nich de Hamel, sondern de Buer
sülst sienen Kopp an de Döhr. Un bat was 'n ollen büch-
tigen Schlag. Denn seit de Tied is de Buer ümme so'n
bäten düsig bläben.

Mündlich.

199.
Eine wahre Geschichte.

Gegen Ende des dreißigjährigen Krieges hatten die
Hn. von der Osten den Kandidaten Samuel Heinrich

Sommerfeld zu Wiederbesetzung der Pfarre zu Gustow der Christlichen Gemeine daselbst präsentiren lassen.

Die Witwe des verstorbenen Pastors resolvirte sich Anfangs, ihre Jungfer Tochter Margaretham Stahls dem Kandidaten als seine zukünfstige Ehe-Liebste zu versprechen, weil sie schon ziemlich bejahret war und allbereit zu Aptirung des Witwen-Hauses Anstalt gemachet: Es ersahe aber das Müttergen den jungen Menschen durchs Fenster, eben als er die Predigt abgeleget hatte, und da fiengen noch einige Funken in der Aschen bey ihr herfür zu glimmen an, und war die Liebes-Regung so starck, daß sie dasjenige retractiret, was sie mit der Tochter verabredet, und war das ihre gänzliche Erklärung: Ick will den Herren sülvest.

Der gute Kandidat, wollte er sich befördert sehen, so muste er in der Heyrath willigen und sich, an statt der Tochter, mit der Mutter trauen lassen.

Wackenrober S. 258.

200.

Das Darßer Recht.

Auf dem Darß war vor ungefähr fünfzig Jahren ein alter Schiffskapitän, namens Parow, Gemeindevorsteher. Er war ein Mann von altem Schrot und Korn, noch „einer aus der alten Schule". In seinem äußeren Auftreten trug er eine ehrfurchtgebietende Ruhe und sichere Behäbigkeit zur Schau, und wenn er sich bewegte, zeigte er jene wiegende Gangart, wie sie alten Seefahrern eigen zu sein pflegt. In Bezug auf die Handhabung seines Amtes als Gemeinde-vorsteher hatte er aber seine besondere Praxis. Kommen da eines Tages zwei junge Kerle zu ihm, die haben sich am

Tage vorher geprügelt und suchen ihr Recht. Parow läßt
erst den einen, dann den anderen von dem Vorfall erzählen,
ohne ein Wort hinzuzufügen. Dann langt er das Tauende
von der Wand herunter und schwenkt jedem seine gehörige
Tracht ein.

„Dat is dat Darßer Recht", pflegte der alte ehrliche
Mann zu sagen, wenn ihm jemand wegen solcher Eigen=
mächtigkeiten Vorhaltungen machen wollte; „un so lang' dat
regiert, geht alles got".

Mündlich aus Bergen.

201.

Dat Andiert.

In Pommern liggt'n Dörp; wue't heet, dat weet ik
nich; meist nennen se't Pommersch=Teterow, denn boe passir'n
allerlei kloke Stückschen, as se in Teterow nich bäter un klöker
vörkamen könen.

Ees het Buer Klöckner in'n Harwst 'n Schwien schlacht't,
un dorbi wurden de Hinrichs up 'ne Göps vull schier Stroh
packt, dat up de Lad von't Mäten leg. Een boevon mucht
woll herunnertrünbelt un achter de Lad follen sin. Genog,
in'n nächsten Frühjohr, as de Lad tofällig von de Wand
afrückt ward, kümmt boehinner 'n grugliges Diert tom Vör=
schien: ganz gries süht dat ut un rund is dat un grote
Tacheln het dat, öwer rögen deht dat sik nich. Dat ganze
Huus kümmt tosamen, öwer keener weet, wat't is. Tolezt
ward de Schäper halt. De weet süß för alles Rat, blot
hierto kann he nicks nich seggen. 'T duert nich lang, dohn
kümmt een Nawer nah'n annern un kickt sik dat Undiert an;
öwer jedereen seggt: „Wue is dat Gott un Minschen möglich;

so wat hewm it jo all min Läre noch nich fehn!" un wunnewarkt fien Deel torecht. Tolezt meent Hanne Boll: „Je, Kinnings un Lüb', blieben kann't doch so nich! Dat fünb wi doch unfern Nawer Klödner schüllig. Wat meent ji, boe is noch Krischan Maas, be is all ees in be Stabt west; am Enn', bat be fo'n Unbiert kennt." Krischan Maas warb halt, öwer fo wat het he of in be Stabt nich fehn. Doch meent he, fchaben künnt' jo nich, wenn be groten Boßhaken herhalt würden, be füß blot bi Füersgefohr von'n Haken herunnekamen. Een jeber halt fienen Haken, un een is tolezt fo brieß un halt grab' up bat Unbiert los, bat't mirr'n intwei ging. Dohn feegen fe't all, bat't nicks anners wier, as — 'n verfchimmelten Klaas.

Mündlich. — Vgl. Blätter für Pom. Vlbe. II S. 127 f.

202.

Wat fo'n Buer alls denkt.

Buer Krischan is to Stabt führt, un as he fien Gäng' beforgt het, bammelt he noch fo'n bäten börch be Straten. So kümmt he of an ben Conditerladen, wo'n Papagei int Schaufinster fteht. — „Herre, ne, wat för'n Diert!" benkt unf' Buer un bliwwt ftahn. „Wue bunt bat Diert utfüht! Un wue fchnaffch he fick het!" So wat harr Krischan noch nie nich fehn, un wiel't nicks koften behr, blew he ruhig boe un freugt fick, wue bat Diert boch abeüffchen behr: mit'n Schnabel kunn bat klarren, un ben Zucker nehm bat mit be Pot, grar' as wenn't 'n Minfch wier. Tolezt kloppt Krischan ees mit'n Stod an't Finster. Dat was ben Papagei to väl; he leet ben Zuder fallen un reep: „Schapskopp, Schapskopp!" Unf' Buer was ganz verblüfft. He truck fienen Hot von'n

Kopp un fär: „Ach, entschulbigen Se, ick dacht, Se wieren
'n Vagel."
Mündlich.

203.

Ne, so'ne Diere!

Korl was'n groten, schieren Kirl, un as bat Solbat=
speelen losgahn sull, bröchten se em nah Berlin unner be
Garbe. Wiel he sick got schicken behr, makt em be Haupt=
mann balb nah be Utbillungstied to sien' Vierburschen. Doe
härr Korl bat nu recht got, un mit'n Hauptmann stunn he
sick ok ganz got. Eenes Sünnbags gew em be Hauptmann
fief Sülwergröschen un sär em, borför sull he sick be Diere
in'n zoologischen Gorn ansehn. Dat behr Korl benn ok un
bleew ben ganzen Nahmebbag boe. An'n annern Dag frog
em sien Hauptmann, wue em bat gefollen härr. Korl sär:
„Ach, Herr Hauptmann, bat is jo allens Unsinn; so'ne
Diere giwwt bat jo gor nich, as boe sünb."
Mündlich.

204.

Was Johann zu leisten vermag.

Auf bem Gute Z. war eine recht fibele Herrengesell=
schaft versammelt, in welcher eitel Lust unb Freube herrschte.
Unb bas war allerbings auch kein Wunber, wurbe boch heute
ber Geburtstag bes Hausherrn gefeiert. Nachbem bie Tafel
aufgehoben war, wurbe eine umfang= unb inhaltreiche Bowle
aufgetragen, welche selbst in biefer trinklustigen Gesellschaft
Staunen unb Verwunberung erregte. Aber ber Hausherr
suchte seine Gäste zu beruhigen unb meinte, bei einigem

guten Willen würden sie es schon schaffen. Als jedoch von neuem Zweifel dagegen erhoben wurden, erwiderte er, die Bowle zu bewältigen, wäre überhaupt nicht schlimm; ja, sein Kutscher Johann wäre imstande, sie auf einen Zug zu leeren. Dagegen wurde nun erst recht Widerspruch erhoben, und nach längerem Hin= und Herreden kam es zu einer Wette.

Johann wurde hereingerufen und gefragt, ob er imstande wäre, die Bowle auf einen Zug auszutrinken. Der Gefragte antwortete, er traue sich zwar ein gut Teil zu; aber ob er dies auch könne, wisse er nicht; er müsse sich zehn Minuten Bedenkzeit ausbitten. Das wurde ihm denn auch gerne gewährt. Nach Verlauf von zehn Minuten kehrte Johann zurück und sagte, er könne es. Darauf setzte er die Bowle an und leerte sie unter allgemeinem Staunen der Gesellschaft auf einen Zug, sodaß kein Tropfen darin blieb. Zur Belohnung erhielt er von seinem gutgelaunten Herrn die ganze Summe, um welche gewettet worden war. Johann bedankte sich und wollte gehen. Da rief ihn sein Herr noch einmal zurück und fragte ihn, weshalb er sich zehn Minuten Bedenkzeit ausbedungen habe. Johann antwortete: „Ja, Herr; ick hemm't buten irst ees mit Water versöcht."

Mündlich.

205.

Schipp in Sicht!

Die Rügianer waren früher als arge Stranbräuber weit und breit verschrieen. Man sagte ihnen nicht nur nach, daß sie die vom Wind und Wetter auf den Strand getriebenen Schiffe rücksichtslos ausplünderten, sondern man wollte auch von ihnen wissen, daß sie die vorüberfahrenden Schiffe durch falsche Zeichen zum Stranden brächten, um so auf leichte und bequeme Art eine fette Beute zu bekommen. Hierauf beruht die folgende Erzählung.

Doe was mal ees'n Stralsunner; be kem, as he dot wier, an de Himmelsdöhr un kloppt doe an, dat se em rinlaten sullen. Petrus makt dat Finster apen un frog em, wer he wier und wue he herkem. De anner antwurt't: „Ick bin ut Stralsund un micht nu girn in'n Himmel 'rin." — Petrus: „Dat glöw' ick di wol to; öwer doe kann nicks nich von warden. Denn Stralsund liggt dicht bi Rügen, un de Rügenschen — von de Ort hebben wi hier nah gradens nog; dat is 'ne ganz dulle Bann'!" — „Ih," seggt de Stralsunner; „denn schmiet se doch rut!" — „Ja, wenn dat so licht wier." — „För mi micht dat so schlimm nich sin," sär de Stralsunner to Petrussen; „ick will di wat seggen: nimmst du mi hier bi bi up, so schaff ick di glik de ganze Sipp von'n Liew'." — „Dat sall gellen," reep Petrus ut un makt de Himmelsdöhr up. De Stralsunner besunn sich nich lang'. He ging furts nach de Eck hen, wue de Rügenschen in hellen Hopen tosamseten un randalirten. As he all dicht 'ran wier, legt he beide Hänn' mit de flache Sit an'n Mund un reep denn, so lur he künn: „Schipp in Sicht! Schipp in Sicht!" Kuum harren de Rügenschen dat hürt, so sprungen se up un störtten sich rut ut de Himmelsdöhr; denn keen von en wull bi so 'ne Sak de letzt sin. As se all buten wieren, klappt Petrus de Döhr achter en to un was froh, dat he de Gesellschaft so licht losworden wier.

Mündlich.

206.

Die lispelnden Schwestern.

Eine Mutter hatte drei Töchter, bie waren zwar ganz
hübsch von Angesicht, aber alle brei hatten baß Unglück, baß
sie lispelten. Deswegen bekamen sie auch keinen Mann;
benn jeber, ber um sie anhalten wollte, nahm an ihrer
kauberwelschen Sprache Anstoß. Als sich nun eines Tages
wieder ein Freiersmann melbete, gebot die Mutter ihren
Töchtern, baß sie biesmal ganz stille schwiegen unb ja kein
Wort sprächen. Die Töchter versprachen es auch unb setzten
sich erwartungsvoll ans Spinnrab. Dann trat der Freier
ein unb warb von ber Mutter mit freunblichen Worten be=
willkommnet, unb als er seine Absicht zu erkennen gegeben
hatte, fing die Mutter an, ihm die Vorzüge jeber einzelnen
Tochter aufzuzählen. Plötzlich riß der ältesten Tochter der
Faben, unb ohne an ihr Versprechen zu benken, rief sie aus:
„Huch, litt epei (reißt entzwei)!" Nun vergaß sich auch bie
zweite unb riet der ersten: „Nüppe höp (knüpfe zusammen)!"
Kaum hatte baß die jüngste gehört, so rief sie voller Freude
aus: „Ji all höp päk; ik till sig. Ik Butmann woll kigen
wa." Der Brautmann aber verzichtete unb empfahl sich,
ohne die Antwort auf seinen Antrag abzuwarten.

Mündlich aus Bergen.

207.

Ach, Jochen, dine Schsipp!

Eine Bauersfrau hat eine Liebschaft mit einem jungen
Burschen, den sie bei sich in Abwesenheit ihres Gatten em=
pfangen hat. Plötzlich kehrt der letztere zurück, und um nicht

überrascht zu werden, versteckt sie Jochen, ihren Liebsten, unter die Schlafbank. Die Bauersfrau thut ganz unschuldig und singt ihrem Kinde vor:

> Wenn dat regent, is dat natt;
> Denn führt min Mann nich hen nah de Stadt!
> Ach, Jochen, dine Schlipp!

Die letzten Worte galten dem unter der Schlafbank liegenden Liebsten, dessen Rockzipfel verräterisch hervorschaute. Der Bauer aber, der die Beziehung dieser Worte nicht verstanden hat, wirft seiner Frau vor, daß sie dem Kinde ganz thörichtes Zeug vorsinge, worauf die Bauersfrau fortfährt:

> Kann ik nich singen, wat ik will,
> Dormit min lütt Kind inne Wêg is still?

Mündlich.

XXI.

Märchen.

208.

Hans von der Wall.

Hans, ein armer Hirte in der Stadt Bergen, hatte sich bei einem Ackerbürger vermietet und mußte dessen Schweine hüten. Nun war aber die alte „Schwienweir'", welche südlich vom Nonnensee bei Bergen lag, ein mageres, dürftiges Stück Feld, und Hans, der ein Herz für das ihm übergebene Vieh hatte, trieb seine Schweine lieber in die Rugardheide, wo es besseres Futter gab. Dort begegnete ihm eines Tages eine alte Frau, die sprach zu ihm: „Hans, du bist ein braver Kerl. Hier übergebe ich dir einen Stock, mit dem du Wunder verrichten kannst. Denn wenn du mit dem Stocke nach irgend jemand hinzeigen wirst, wird der Betreffende wie tot zur Erde fallen."

Als Hans seine Schweineherde eine Zeit lang in der Rugardheide gehütet hatte, genügte ihm dieselbe bald nicht mehr, denn er hatte sehnsüchtige Blicke nach der Insel Altrügen geworfen, auf welcher mannshohes Gras wuchs, ohne daß es benutzt wurde. Deshalb schlug er eines Morgens mit Hilfe des Zauberstabes, den ihm die alte Frau gegeben hatte, eine Brücke nach der Insel hinüber und trieb seine Schweine in das hohe Gras, in welchem sie garnicht zu sehen waren. Nun war Hans zufrieden; er setzte sich hin und verzehrte sein Frühstück. Während dessen kam ein fürchter= licher Riese, dem die Insel Altrügen gehörte, angelaufen und wollte den armen Hans mit seiner gewaltigen Eisen= stange niederhauen. Hans aber bemerkte ihn rechtzeitig und zeigte mit seinem Stocke auf den Riesen, sodaß dieser zu Boden sank. Nun bat der Riese ganz flehentlich, Hans möchte ihm doch wieder auf die Beine helfen, er solle auch das ganze Jahr hindurch auf der Insel hüten dürfen. Da= mit war Hans ganz einverstanden, und als der Riese ihn zum Frühstück einlud, folgte ihm Hans nach der Insel Pulitz, wo die Burg des Riesen lag. Als sie sich an Wein und Brot gesättigt hatten, zeigte ihm der Riese ein Schwert und sagte: „Wenn du dieses Schwert schwingen kannst, so soll es dein eigen sein." Hans versuchte das Schwert zu heben, war aber nicht imstande dazu, denn soweit reichten seine Kräfte nicht aus. Nun führte ihn der Riese zu einem Teiche, welcher ganz mit Wein und anderen stärkenden Ge= tränken angefüllt war. Darin mußte sich Hans baden, und nach dem Bade konnte er das Schwert des Riesen schwingen.

Inzwischen war der Abend hereingebrochen, und Hans trieb seine Schweine nach Bergen zurück, die hatten sich aber so dick gefressen, daß sie kaum gehen konnten, worüber sich ihr Besitzer nicht wenig wunderte.

Am folgenden Tage trieb Hans seine Schweine aber= mals nach Altrügen, der Riese erschien wieder, und Hans, der ein zweites Weinbad nahm, konnte jetzt ein Schwert schwingen, welches noch einmal so groß war wie das vom vorhergehenden Tage. Am Abend aber kehrte er wieder mit seinen wohlgemästeten Schweinen in die Stadt zurück.

Am dritten Tage erging es Hansen ebenso wie an den beiden vorhergehenden Tagen: nach dem dritten Bade konnte er ein Schwert schwingen, welches so groß war, wie die beiden Schwerter vom ersten und zweiten Tage zusammengenommen. Als der Riese das sah, ward er sehr froh und nahm Hans als Sohn an.

Nun verkehrten die beiden ganz friedlich und vergnügt mit einander. Eines Tages aber sprach der Riese: „Hans, in der Nähe von Bergen ist ein Glasberg, in dem sitzt eine Prinzessin als Jungfrau verzaubert und von einem neunköpfigen Drachen bewacht; die sollst du erlösen." Hans war damit einverstanden: er erhielt eine silberne Rüstung und ein weißes Roß und nahm das Schwert, welches er am ersten Tage geschwungen hatte. So sprengte er auf den Berg los. Der Berg soll der Rugard bei Bergen gewesen sein.

Am Fuße des Berges traf er den König und mehrere Große des Reiches, die fragte er, was los wäre. Der König entgegnete: „Wer die Prinzessin erlöst, der bekommt sie zur Frau." — Kaum hatte Hans das gehört, so rief er Hurra, gab seinem Roß die Sporen und sprengte den Berg hinan. Oben angekommen, ermahnte ihn die Prinzessin, von seinem Vorhaben abzustehen, sonst würde er gleichfalls in die Gewalt des Drachen kommen. Hans aber war fest entschlossen, und als er des Drachen ansichtig wurde, ergriff er sein Schwert und hieb dem Drachen drei Köpfe ab, sodaß dieser die Fortsetzung des Kampfes auf den folgenden Tag verschob. Nachdem Hans auf Pulitz seine Rüstung abgelegt hatte, kehrte er des Abends als Schweinehirte nach Bergen zurück.

Am folgenden Tage zog sich Hans auf Geheiß des
Riesen eine goldene Rüstung an und bestieg ein schwarzes
Roß und nahm das mittlere Schwert. Als er mit diesem
an den Fuß des Berges kam, fragte er wieder, was los
wäre. Der König entgegnete: „Wer die Prinzessin erlöst,
der bekommt sie zur Frau." Wieder jagte Hans den Berg
hinan. Als er oben ankam, erkannte ihn die Prinzessin
nicht wieder und warnte ihn wie am vorhergehenden Tage.
Hans aber ließ sich nicht beirren und wartete die Ankunft
des Drachen ab. Als er endlich kam und seines Gegners
ansichtig wurde, spie er Feuer und Schwefel, sodaß Hansens
Rüstung schmolz. Dadurch ließ sich dieser aber nicht auf=
halten, sondern ergriff sein Schwert und hieb dem Drachen
wieder drei Köpfe ab, und der Drache bat wieder um Pardon
bis morgen.

Am dritten Tage zog sich Hans eine Rüstung an, die
aus Gold und Silber war, nahm das dritte und größte
Schwert und setzte sich auf einen feurigen Rappen. So
ausgerüstet, kam er wieder an den Berg, wo er auch den
König wieder traf. Dieser hatte Befehl gegeben, den fremden
Ritter nach bestandenem Kampfe aufzuhalten, und wenn er
nicht gutwillig bleiben wollte, auf ihn zu schießen. Als
Hans fragte, was los wäre, sprach der König: „Wer die
Prinzessin erlöst, der bekommt sie zur Frau." Hans jagte
wieder den Berg hinan. Als er oben ankam, saß die Prin=
zessin da und weinte auf ihr Taschentuch; als sie aber des
Ritters ansichtig wurde, hörte sie auf zu weinen und schenkte
ihm das Taschentuch. — Nun erschien aber auch schon der
Drache wieder, und der Kampf, den Hans an diesem Tage
zu bestehen hatte, war ein fürchterlicher. Denn der Drache
wendete alle Kraft an, um seinen Gegner zu überwinden;

14*

er schlug mit Schwanz und Füßen um sich, und mit seinem
Rachen suchte er das Pferd tot zu beißen. Aber Hans hatte
ja das große Schwert in der Faust, und der Drache mußte
schließlich doch unterliegen. Als Hans ihm die drei letzten
Köpfe abgehauen hatte, wälzte sich der blutige Rumpf den
Berg herunter.

Der Sieger nahm die Prinzessin, welche ganz außer
sich vor Freude und Dankbarkeit war, vorne auf sein Pferd
und brachte sie zum König. Dieser ließ seine Tochter einen
köstlichen Wagen besteigen, und Hans mußte neben ihr reiten.
So ging es in freudigem Triumphzuge zur Stadt Bergen;
denn alles war voller Freude und Jubel. Als aber der
Zug eben um eine Ecke bog, da gab Hans seinem Rosse
die Sporen und jagte davon. Nun dachten die Diener des
Königs an den Befehl ihres Herrn und schossen auf den
davoneilenden Ritter; sie trafen ihn aber nur am linken Bein.

Als Hans auf Pulitz ankam, erzählte er seinem Vater,
dem Riesen, den guten Erfolg seiner Sendung, und der
Riese, der sich sehr darüber freute, schenkte Hansen so viel
Geld, als er nur tragen konnte. Als es Abend wurde,
trieb er, wie an den früheren Tagen, seine Schweineherde
zur Stadt zurück. Hier aber herrschte inzwischen große
Trauer, denn der König und die Prinzessin wollten gerne
wissen, wie der kühne Ritter hieße, der den Drachen getötet
hatte. Da sie es aber nicht herausbrachten, so hatte der
König allen Leuten das Singen verboten. Als Hans nun
zur Stadt kam, ließ er so recht aus vollem Herzen ein frohes
Lied erschallen; die Leute verboten es ihm zwar, er aber
warf ihnen Geld zu, und so ließen sie ihn singen. Dadurch
wurde einer aus der Umgebung des Königs auf ihn auf=
merksam, und dieser fragte den König, ob er nicht den

Schweinehirten aufsuchen lassen wolle; möglicherweise könne der die Prinzessin erlöst haben. Der König lächelte zwar, ließ es aber doch geschehen. Und siehe — da fand sich an Hansens Fuß die Wunde, die er auf der Flucht erhalten hatte, und um die Wunde war — das Taschentuch der Prinzessin gewunden. So war denn jeder Zweifel gehoben, und Hans mußte, sosehr er sich auch sträuben mochte, auf die Königsburg gehen. Der König freute sich sehr, daß der tapfere Drachentöter gefunden war: er erhob Hansen in den Adelsstand und gab dem „Ritter Hans von der Wall" die Hand seiner Tochter. Der Riese aber schenkte seinem Sohne einen Rappen, welcher die Eigenschaft hatte, daß er, sosehr und so lange er auch lief, niemals müde wurde.

Als der König einige Jahre später starb, wurde Hans sein Nachfolger.

Mündlich aus Bergen.

209.

Ein Hirtenknabe wird König von Rügen.

In einem Dorfe hinter Stralsund wohnte ein Schäfer, der hatte zwei Söhne, von denen der ältere Soldat war. Der jüngere Sohn aber war noch zu Hause und hütete die Schafe seines Vaters. Eines Tages, als er auf dem Felde war, schlief er ein, und da träumte ihm, er solle König von Rügen werden. Als er Abends nach Hause kam, sagte er zu seinem Vater: „Varre, mi het brömt, ick sall König von Rügen warden". Der Vater aber entgegnete: „Jung, dat is nich wohr; gah man ruhig werre hen un höb diene Schaap".

Er ging auch wieder hin; aber als er wieder einmal eingeschlafen war, hatte er denselben Traum noch einmal.

Er solle nach Bergen kommen, so träumte ihm, dann würde
er König von Rügen werden. Er erzählte auch dies Mal
seinen Traum zu Hause; aber der Vater schickte ihn wieder
aufs Feld zu den Schafen. Da sagte der Schäferssohn zu
seinem Hunde: „Bobby, du blimwst hier bi de Schaap!" und
ging fort, nachdem er sich vorher noch einen tüchtigen Stock
geschnitten hatte. Unterwegs sah er zwei Männer vor sich
hergehen, und da es schon dunkel wurde, ging er ihnen nach.
Da sah er, wie sie plötzlich hinter einem großen Steine verschwanden. Der Schäferknabe trat näher heran an den Stein;
aber von den Männern konnte er keine Spur entdecken. Da
fing er an, den Stein mit seinem Stocke bei Seite zu schieben,
und nun sah er einen dunklen Gang vor sich. Er trat in
denselben hinein und gelangte bald an eine eiserne Thür,
die er aber nicht öffnen konnte. Eben wollte er sich Feuer
anmachen, da wurde die Thür von innen von den beiden
Männern geöffnet, die, ohne des Hirtenknaben gewahr zu
werden, hinausgingen. Nun ging er durch die Thür weiter
und sah, daß er sich in einer Räuberhöhle befand. In der
einen Ecke derselben lag ein Haufen Stroh; hier legte sich
der Schäferssohn nieder und schlief bald ein.

Als es Nacht war, kamen zwölf Räuber in die Höhle,
die machten einen solchen Lärm, daß der Knabe davon erwachte. Dieser rührte kein Glied, und so bemerkten ihn
die Räuber auch gar nicht; er aber konnte alles bemerken,
was vorging. Die Räuber fingen nun an, die Beute, welche
sie gemacht hatten, zu verteilen. Der eine hatte einen Jäger
erschossen und legte das geraubte Geld auf den Tisch. Darauf
traten zwei andere vor und sagten: „Wir haben den Zauberer,
der in dem Walde hauste, ergriffen und ermordet. Hier ist
der Dolch, den wir ihm genommen haben. Wenn man mit

demselben drei Mal in die Erde sticht, so kommen so viel
Soldaten hervor, als man nur haben will; wenn man noch
drei Mal hineinsticht, so verschwinden sie wieder. Und hier
ist die Hose des Zauberers, welche nicht minder wertvoll ist,
denn wenn man die Taschen umkehrt, erhält man so viel
Geld, als man nur haben will". Hierauf legten sich alle
zum Schlafe nieder.

Der Schäferssohn aber hatte alles gehört und sich
genau gemerkt. Als daher die Räuber eingeschlafen waren,
kroch er von dem Stroh herunter, zog sich die Hose des
Zauberers an und band sich den Dolch um. Dann entfernte
er sich ganz leise aus der Höhle und wanderte weiter. So
kam er endlich nach Bergen, wo der König der Insel Rügen
wohnte. Als er vor diesen geführt wurde, sprach der König
zu ihm: „Wenn du morgen mit meinem Heere in den Krieg
ziehst und den Riesen, den die Türken mit sich führen, be-
siegst, dann sollst du meine Tochter zur Frau haben". Der
Hirtenknabe ließ sich das nicht zwei Mal sagen. Am folgenden Tage zog er mit dem Heere ins Feld, und als sie sich
dem Feinde näherten, schritt er ganz allein dem Heere vorauf
und forderte den Riesen zum Kampfe heraus. Der Riese
trat vor und sprach: „Du kleiner Knabe willst mich be-
kämpfen?" Als der Knabe dies bejaht hatte, stach er mit
dem Dolche drei Mal in die Erde. Alsbald waren so viel
Soldaten da, als er gebrauchte. Diese packten den Riesen
und schlugen ihm den Kopf ab. Als der Riese tot war,
stach der Knabe wieder drei Mal mit dem Dolche in die
Erde; da verschwanden die Soldaten wieder.

Als der Hirtenknabe siegreich nach Bergen zurückkehrte,
wollte der König nicht glauben, daß er den Riesen besiegt
hätte. Da sagte der Knabe: „Mit Hilfe der Soldaten habe

ich ihn besiegt und will nun auch deine Tochter zur Frau haben, wie du mir versprochen hast". Der König aber weigerte sich, dies zu thun. Nun ging der Knabe weg, aber am andern Morgen erschien er mit seinen Soldaten vor der Thür des Königs und sagte zu diesem: „Wenn du mir jetzt deine Tochter nicht gutwillig giebst, so nehme ich sie mir mit Gewalt." Als der König sich dennoch weigerte, sagte der Knabe zu den Soldaten: „Nun helft mir!" Die Soldaten packten also den König und erhängten ihn.

Die Tochter des Königs war zufällig nicht zugegen gewesen. Als sie kam, sagte der Knabe zu ihr, ihr Vater hätte sich selbst erhängt. Die Tochter glaubte es auch, und der Hirtenknabe nahm sie zur Frau und wurde dadurch König von Rügen.

Mündlich aus Bergen.

210.
Lat di nicks verdreiten!

Hans wier twintig Johr olt, bohn sär sien Varre, be oll ricl Buer Wunsch, to em: „Hans, du hest nu lang nog in de Wirtschaft bi uns ölscht; du mußt nu in de Frömb' gahn, üm 'n Unnerscheed kennen to lieren." Un sien leiw Maure sär: „Hans, dat helpt nich; dat is dien gore Best!" un stoppt em in sien Kiep 'n hanblichen Schinken un 'n Deel gatliche Mettwurst; un männig eene Thran leep piepstings mit herin un weekt den Knust Brot up, mit ben'n de Kiep tolest spickt würr. Hans sär trurig Abjühs un wackelt mit sien Kiep af.

As he 'ne halwe Stunn' wannert wier, sett' he sik up de Grabenburt un vernüchtert sich'n bäten ut de Kiep.

„Wue't nu woll to Hus utsüht!" sär he bi dat Stück
Schinken, wat he in be Hand harr. „Dat härr ik doch
nich glöwt, dat dat Happen Brot in be Frömb' so sur
smecken dehr," süfzt he un reet sich 'n Haps Wust runne.
Öwer de Minsch mußt sich jo doch wat versölen.

Hans ging den ganzen Dag, ümme wiere von Hus weg.
Abends kem he in een Buerdörp un frog bi ben irsten besten
Buern üm Arbeit an. De makt'n sihr listig Gesicht un sär:
„Ja, Hans, 'n Knecht kann ik bruken; öwer dat is bi mi
so Mod': keener von uns beir dörft sich wat verbreiten
laten. Verbrütt bi wat, so snied ik bi 'n Stück ut'n Rücken
as'n Reem; verbrütt mi wat, so kannst du mi 'n Reem ut'n
Rücken snieden." Hans wier boemit inverstahn un wurr
ben Buern sien Knecht.

An'n annern Morgen bröcht be Buersfru 'ne grote
Schöttel vull Grütt up'n Disch; alle sett'ten sich heran, un
Hans härr all sien' Läpel in be Hand un wull jüstemang
in sein Leibgericht inhaugen, bohn sär be Buer bidächtig to
em: „Hans, du gehst woll ees mit be oll lütt Diern nah'n
Goren 'rut!" Hans mußt dat man bohn; öwer as he nu
werre rinkamm, wier be Grüttschöttel lerrig. De Buer snallt
sich sien' Reem 'n poor Löcher wiere, kloppt Hansen sacht-
mödig up be Schuller un sär: „Hans, verbrütt bi dat ol?"
Hans beet be Tähn' tosam' un sär mit sötsure Mien': „Ih,
wue sull mi dat verdreiten!" So ging dat nu bree Dag'
hinner 'n anner. Ümme, wenn dat Äten losgahn sull, kreeg
Hans 'n besonderen Updrag, un 't wier man got, dat Maures
Kiep noch twee Dag' vörhollen dehr. An'n brütten Dag
öwer wurr Hansen dat Rüsch*) all bannig jölen, un as

***

*) „Dat Rüsch jölt" scherzhaft für „der Magen knurrt";
Rüsch bedeutet ursprünglich das Eingeweide der geschlachteten Tiere.

dat an'n vierten Dag nich anners wurr, stunb Hans herz=
haft up, nehm be Schöttel mit nah buten rut un putzt se
boe lerrig. Dohn bröcht he se werre rin, sett' se vör ben
verbutzten Buer up ben Disch un sär ganz frünblich: „Buer,
verbrütt bi bat?" De Buer kunn nu nich anners, he müßt
man seggen, bat em bat nich verbreiten behr.

Den nächsten Dag müßt Hans mit twee Ossen 'n Stück
harten Dreesch ümplögen. Doebi müßt he öwer hinne an'n
Start eben so väl schuben, as be Ossen vör trecken behrn.
De Buer härr em sien' Hunb „Peirezilg" boe laten: wue
be Hunb henlopen behr, boe sull he nahplögen. Hans arbeit't
nu, bat em be Sweet man so afflacken behr, ümme achter
ben Köter her. Dohn kem'n se an een' Tuun: Peirezilg
sprung wupbi! röwer, un Hans bebacht sich nich lang; he
slacht be Ossen, sneet se in Stücken un smeet se röwer öwer
ben Tuun un ben Haken (Pflug) hinneher.

So kem enblich be Sünnbag 'ran. Hans härr sich all
sihr boeto freugt. De Buer sär to Hansen, he sull an=
spannen, wiel se all to Kirchbörp führen wullen. Wer wier
nu froher als Hans? He kunn kuum be Tieb aftöben, bet
he mit ben Kirchwagen vör be Döhr führen sull. De Buer
sett' sich mit Kind un Kegel up'n Wagen, un Hans in sien
Sünnbagsklebasch un mit bat schöne robe Band üm be
Kokarbenmütz wull eben seggen: „Nu man jüh, Boß!" —
bohn nehm em be Buer be Tögel ut be Hand un sär: „Hans,
bu bliwwst to Hus un wohrst mit Peirezilgen to Strier' in.
Gah man gliek nah'n Schapstall 'rin, un be Hamel, be bi
ankickt, ben'n schlachtst bu un kakst uns to be Tieb, bat
wi werre kamen, 'ne bäge Supp boevon. Vergett öwer
ok nich, Peirezilg an be Supp to smieten, un lat bi
nicks verbreiten!" Doemit kreeg Hans 'n Schupp, bat

he von'n Wagen flog, un bat Fuhrwark bunnert von'n Hof runne.

Bi Hanſen bunnert bat nu ok, öwer he ſull ſich jo nicks verbreiten laten. He ging nah be Köt un börr hier een grotes Füer unne ben groten Kätel. Dohn ging he nah'n Schapſtall un makt be Döhr up. Wiel em nu öwer alle Hamel to glieke Tied ankeeken, kreeg he ſe alltoſam' Stück för Stück in be Börr un ſmeet ſe nah'n Kätel 'rin, un wiel be Peirezilg nich fehlen ſull, kem be Hund achter= brin. De Supp wier ben Buern boch 'n bäten to fett, as he Mebbags to Hus kem, un he ſär: „Hans, verbreiten beht mi bat zwors nich; öwer He is'n groten Swientrecker! Ick kann Em up'm Hof nich mihr bruken; gah He man hen nah'n Fell'n un höb He be Swien!“

Hans gehorcht, ging to Fell'n un hörr bie Swien. Nah 'ne Tiedlang kem'n twee Handelslüb an, be frogen Hanſen, ob he en nich be Swien verköpen wull. Hans wier inverſtahn, leet ſich be Swien got betahlen, ſneet en öwer vörher all be Swänſ' af. De Swänſ' ſteek he in be Jrb, bat be Spitz rutkeek, nehm be Rockslippen unne be Arm un leep to Haaf. Hier reep he, be Buer ſull em boch helpen, denn all be Swien bubbelten ſich beep nah be Jrb rin. As be Buer mit Hanſen torühging, harren ſich be Swien all ſo beep inwöhlt, bat bloß noch be Swänſ' rutkieken behren. „Help boch torühhalen!“ ſchreeg be Buer, „ſe gahn jo all to Born in.“ Un boebi kreeg he bat irſte Swien bi'n Swanz; boch as he antrecken wull, lag he ok all up'n Rücken. So ging em bat ok mit all be annern Swänſ', un Hans ſtunn mit Seelenruh boebi un ſär bi ben letzten Swanz: „Ja, wenn Ji all be Swänſ' utrieten, denn fleut't em nah!“ Weder Buer warb nu woll nich falſch, wenn

he mit de Swien Malühr het! In Swienfaken is be Buer
fihr empfinblich. He leet fich also be Geschicht mit Hansen
fihr irnftlich verbreiten un wull em von'n Hof runne prügeln.
Ōwer Hans wier ftärker as be Buer; boerüm kem he ok
noch boeto, bat he fich'n hübfch breeben Reem ut ben Buern
flenen Rücken fnieben kunn.

Seelensvergnögt wannert Hans nu nah Hus torüh, un
as he boe ankem — wue freugt fich Maure ōwer ehren
Hans, be wohrhaftig 'ne ganze lange Woch' in be Frömb
weft wier un in be korte Tieb fo väl Gelb verbeent härr.
Sin Varre ōwer leet Hansen ruhig wiere bi fich ölfchen.
    Aus Wiek a. W. mitgeteilt von Lehrer A. Pennfe.

<h2 style="text-align:center">211.</h2>

<h1 style="text-align:center">Von den Jung, de Nicks halen full.</h1>

Doe was mal ees een Jung, be wurr nah be Apteik
fchickt: he full „Nicks" halen. As he henging, fär he ümmer
lief' vör fich hen: „Nicks, Nicks, Nicks!" So kem he ant
Water; boa wieren be Fifchers, be harr'n be ganze Nacht
fifcht un nicks fongen. As fe ben Jung' flen Reb' hürten,
fären fe to em: „Jung, wue kannft bu fo wat räben!"
Se glöwten, be Jung wull en fchimpen. De Jung frog
en: „Wat fall ick benn feggen?" De Fifchers antwurt'ten:
„Kannft bu nich feggen: Morgen fangen wi mihr?" De
Jung güng nu wiere un fär ümme vör fich her: „Morgen
fangen wi mihr! Morgen fangen wi mihr!" Dohn kem he
an'n Galgen. Unner'n Galgen wieren grab' be Henkers
borbi, eenen uptohängen. De Jung fär: „Morgen fangen
wi mihr!" — „Jung," reepen be Henkers em to, „wue
kannft bu fo wat feggen!" — „Je, wat fall ick benn feggen?"

— De Henkers antwurt'ten: „Kannst bu nich seggen: Gott begnab' siene arme Seel'!"

Dat burt nich lang', bohn kem he bi eenen Schinner vörbi, be trok 'n Pierd be Hut af. De Jung sär: „Gott begnab' siene arme Seel'!" As be Schinner bat hürt, reep he ut: „Jung, schäm' bi wat! Het be Mär ool 'ne Seel'?" — De Jung sär: „Wat sall ick benn seggen?" — De Schinner antwurt't: „Kannst bu nich seggen: Weg mit't Rabenaas!" Dat sär be Jung benn ool un ging wiere. Dohn begegent he 'n Brutpoor, be gingen nah be Kirch un wullen sich trugen laten. De Brut harr 'n grönen Kranz up mit 'n Schleier boran, un be Brutführers gingen achteran. As se ben Jung' siene Reb hürten, wurden se falsch un reepen: „Jung, wißt bu woll bien Mul hollen!" De Jung frog: „Je, wat sall ick benn seggen?" — De Brutführers säben: „Kannst bu nich seggen: Das ist meines Herzens Lust unb Freub'!" Un be Jung sär bat ool.

Dohn kem he an 'ne Stell, boe schlogen sich twee. De Jung keek en to un sär: „Das ist meines Herzens Lust unb Freub'!" As be annern bat hürten, wurr en be Haugerie boch 'n bäten schanierlich, un se säben to em: „Jung, freugt bi bat, bat wi uns hier prügeln?" — De Jung sär: „Wat sall ick benn seggen?" — De annern antwurt'ten: „Kannst bu nich seggen: Weg mit Beiß, Zank unb Keif!"

De Jung ging wiere un kem an een Hus, borin wohnt 'n Schoster. De Schoster harr grab' 'n Stück Lerre in be Tang' un wull bat utrecken; borbi nehm he bat eene Enn' twischen be Tähn'n, un up't anner Enn' hull he't mit be Tang' wiß. De Jung blew stahn un bet't still vör sich hen: „Weg mit Beiß, Zank unb Keif!" As be Schoster bat hürt, sprung he up, gew ben Jung' ees mit'n Spann=

reemen öwer un sär: „Wat, du wißt mi hier in mien Handwark schimpen!" De Jung fung an to weenen un sär: „Je, wat sall ick denn seggen?" — De Schoster öwer reep: „Ei, Jung, gah hen un segg nicks!" — „Väl schön' Dank, mien lewe Herr," sär be Jung; „„Nicks" sull ick ook halen."

Dormit sprung he weg, leep in be Apteik un kem ook richtig mit „Nicks" to Hus an.

Aus Neuenkirchen. Mitgeteilt von Lehrer Nützmann.

212.

Vom Bauern, der die Frösche beim König verklagt.

Doa wier mal ees een Buer, be härr 'ne Koh. De Koh schlacht' he, un bat Fleesch wull he an een' Schlachter verköpen. As he to Stadt kamm, boa bigegent em be Hund von'n Schlachter un noch mihrere anne Hunn'. De schreegen ünimerto: „Wat, wat, wat, wat?" De Buer, be bacht bi sik: „Ick weet all, wat Ji willen. Ji will'n weeten, wat bat Fleesch kosten sall. Na, bat kriegen wi woll, hier hebben Ji bat Fleesch". Un bormit schmeet he be Hunn' bat Fleesch hen, be sick bat ook ganz gob schmecken leeten. Dohn ging be Buer nah'n Schlachter hen unb wull sick sien Gelb afhalen. De Schlachter harr be ganze Geschicht mit ansehn, wull ben Buern öwer keen Gelb gäben. Am Enn', as be Buer gor nich nahleet, mußt he boch man mit söben Dahler rutrücken. Unnerwegs, as be Buer werre nach Huus güng, kem he an eenen Diek vörbi, boa wieren Frösche in. De schreegen: „Ack, ack, ack!" De Buer reep en öwer to: „Ne, bat sünd man söben". De Frösch' öwer bleeben bi ehr: „Ack, ack, ack!" Doa tellt be Buer sien Gelb noch ees nah un reep: „Ne, bat sünd boch man söben". De Frösch

schreegen ruhig wiere: „Ack, ack, ack!" — „Ach wat", sär
bohn de Buer, „teüt dat sülben nah!" unb dormit schmeet
he sien Geld in den Diek. De Buer luert nu, de Frösch'
süllen em sien Geld torühbringen; öwer boa kem keene. As
em toletzt be Tib to lang würd, reep he, he wull sick dat
Geld morgen afhalen un güng nah Hus. As he 'n annern
Dag werre kem, reepen be Frösch' werre: „Ack, ack, ack!"
— „Ick bün mit söben tofreeben", sär be Buer, „gäwt mi
be man irst werre!" Öwer he kreeg wiere nix to hüren as:
„Ack, ack, ack!" As be Buer nu seech, bat he so nich to
sien Geld kamen künn, güng he nah'n König un wull be
Frösch' verklagen.

De König härr öwer 'ne Dochter, be härr in ehr ganzen
Leben noch nich ees lacht. Dorum harr be König börch bat
ganze Land seggen laten, wer sien Dochter tom Lachen bringen
würr, be sull se to Fru hebben. Öwer bat was noch keenen
glückt. As be Buer nu nah'n König kem, satt sien Dochter
bi em up'n Thron. He vertell sien Geschicht, un as he
farig was, fung be Dochter lur an to lachen. Dohn sär.
be König: „Du hest mien Dochter tom Lachen bröcht, nu
satzt bu se ook to Fru hebben". De Buer öwer sär, bat
künn boch nich angahn. Dorup sär be König werre: „Wenn
bu mien Dochter nich to Fru hebben wißt, kannst bu bi
morgen fiefhunnert bi mi afhalen". Dat hürt' ook be
Schilbwach, be buten vör be Döhr stunn, un as be Buer
von 'n König rute kem, sär se to em: „Du künnst mi woll
tweehunnert afgeben; wat wißt bu mit fiefhunnert?" „Ja",
sär be Buer, „bu kannst tweehunnert kriegen". Dohn kem
'n Jud, be biffen Handel mit anhürt harr, un sär to den
Buern: „De annern breehunnert will ick bi inwesseln vör
reines Sülwer". De Buer was bormit inverstahn un kreeg

von ben Juden breehunnert Sulwegröschen; be namm he
mit nah Huus. 'N annern Dag ging he hen nah'n König
un wull sic siene fiefhunnert utbitahlen laten; be Jub un
be Schilbwach wier'n ool boe. He trär nu hen vöe'n König
un sär: „De fiefhunnert, be ick hebben sall, will be Jub
un be Schilbwach mi afnehmen. De Schilbwach kriegt twee=
hunnert unb be Jub breehunnert." De König frog bisse
beib, ob se se hebben wull'n. Se säben: „Ja". Dohn
winkt be König un leet 'n Knecht mit 'ne Pietsch kamen.
De teült irst be Schilbwach tweehunnert up; be was öwer
an Prügel gewöhnt unb leet sic bat ruhig gefallen. Dorup
kreeg ook be Jub sien Deel; be schreeg ganz gottsjämmerlich.

Mündlich aus Trent.

213.

Aß Hähnken un Höhnken na Rom reisen wull'n un
Hähnken Papst un Höhnken Papstinn war'n wull.

Höhnken sär to Hähnken: „Watt mehnst bu, Hähnken,
wenn wi beib' na Rom reisten un bu Papst un ick Papstinn
würr?" — „O ja", sprok Hähnken, „batt leht sic hür'n;
wenn wi man wüßten, upp wat vör Ort wi be Reis' maken
ber'n." — „Ah", sär Höhnken, „wi maken uns von Nät=
schaalen enen lütten Wagen un ba spann'n wi be Müs' vör."
— „Ja", sprok Hähnken, „batt will'n wi baun." Se maken
sic also enen lütten Wagen von Nätschaalen un spannten
be klenen Müs' bavör, un aß se sic in ben Wagen sett hern,
führten se bavon na Rom to. En lütt beten wir'n s' führt,
aß be Kraig an to steigen kamm. De schreg: „Hähnken
un Höhnken, wo willt Ji henn? Wat hätt batt mit Ju to
bebüben?" — „Ah", sär Höhnken, „wi will'n na Rom

reif'n; Hähnken will Papſt war'n un icf Papſtinn." —
„Nehmt mi mit", ſchreg be Kraig; „icf will Ju Kälſch
war'n." — „Datt watt nich gahn", ſär Höhnken, „Pirbken
iß klen un Wägken iß ſchwack." — „Ih", ſchreg be Kraig,
„nehmt mi man mit; icf war b'naſt ohk watt ſteig'n." —
„Na", ſprof Hähnken, „Pirbken iß twars klen un Wägken
iß ſchwack; wenn bu awä watt ſteig'n wiſt, hack upp!" Un
ſo kamm be oll Kraig mit.

Aß ſei werrä en lütt beten führt wir'n, kamm be Duw
an to ſteig'n un rep: „Szüh, Hähnken un Höhnken, wo
willt Ji henn?" — „Ah", ſprof Hähnken un ſchmeet ſich
in be Boſt, „wi will'n na Rom reif'n; ich will Papſt war'n
un Höhnken Papſtinn, be oll Kraig awä unf' Kälſch." —
„Un icf will Ju Stubenmäken war'n; nehmt mi ohk mit!"
beer be Duw. „Ne", ſär Höhnken, „be lütten Pierb' köhn'n
uns nich treck'n." — „Ih", kreigt Hähnken, „be Duw watt
b' naſt'n ohk watt ſteig'n, un wi bruken en Stubenmäken.
Wägken iß twars klen un Pirbken ſchwack — hack man upp!"

En lütt beten betto wirns werrä füh't, aß be Sparling
antoſteigen kamm un rep: „Hähnken un Höhnken, tömt boch
en lütt beten! Wo willt Ji henn?" Da ſchreg be oll Kraig
em to: „Wi will'n na Rom reif'n; Hähnken will Papſt
war'n, Höhnken Papſtinn, icf awä ehr Kälſch un be Duw
ehr Stubenmäken." — „Nehmt mi ohk mit!" beer be lütt
Sparling. „Hähnken un Höhnken, icf war Ju Kinnämäken
war'n", rep hei. „Ja, bu biſt man licht", ſprof Hähnken.
„Pirbken iß klen, Wägken iß ſchwack; hack upp!"

Aß ſe werrä en ganz Enb betto führt wir'n, kamm
bwaß awä 't Feld be Voß antolopen. De rep: „Szüh,
Hähnken un Höhnken, wo willt Ji henn?" — „Ja", ſprof
Hähnken, „wi will'n na Rom reif'n," un ſett' ſick werrä

in Pos'tur. „Un ba will," schreg be oll Kraig, „Hähnken Papst, Höhnken awä Papstinn war'n, un ick ehr Kätsch, be Duw ehr Stubenmäken, be lütt Sparling ehr Kinnämäken." — „Awä", frog be Voß, „weht Ji ohl ben Weg na Rom?" — „Ne", kreigt Hähnken, „datt weht'n wi nich. Awä be lütten Müs' war'n uns schon hennführ'n." — „Datt war'n se unnämegs laten," sär be Voß, „wenn Ji ben Weg nich weht't. Szüh, ba geht börch ben Barg ba, wo datt Loch iß, be Weg. Dabörch möht't Ji. Ick war Ju babörch bring'n un vörweg lop'n." So löp benn be Voß vörweg, un be ganze Gesellschaft, Hähnken, Höhnken, be Duw un ben lütten Sparling tröken be klen'n Müs' na bett an batt Loch in ben Barg. Doa stünn be Voß still, let be ganze Gesell= schaft bett upp be lütten Müs' in bat Loch krupen, un aß se all in ben Barg tröpen wir'n, makt hei batt Loch to un sprok: „Nu häf ick Ju hier, nu war ick Ju bethal'n. Du, Hähnken, häst mi bes Morgens immä so früh weckt un kreigt. Davör will ick bie bethal'n." Un schwapps, bitt hei em ben Kopp af. To Höhnken sär hei: „Du häst mi be Eijä immä in ben Nebbel lägt, batt ick mi häw ver= brennen mußt. Davör war ick bi bethal'n." Un schwapps, bitt hei ehr ohk ben Kopp af. „Du, oll Kraig", sprok hei to be, „häst bin Nest so hoch upp be Böhm bugt, batt ick nich kunn rupp kam'n. Davör will ick bi ohk bethal'n." Un schwapps, bitt hei ehr ben Kopp af. Mit be Duw makt he 't ohk so, miel se ehr Nest upp be hogen Böhm herr bugt. Un nu kamm be Reig an ben lütten Sparling. De herr unnämiel'n Tied hatt, an be Lochpurth in ben Barg mit sine lütten Poten to kratzen, bett hei sich en lütt Loch makt herr, wo he börchkrupen kunn. Aß be Voß nu upp em tokamm, ba sprok he to ben Voß: „Ach, mein lieber Herr

Fuchs, ich bin ja nur so klein; Sie werden mich doch ver=
schonen, Sie haben ja doch schon schöne Bissen genug vor
sich. Ich bitte sehr, mich frei zu lassen." Un dabi trippelt
hei immä rückwarts un schwänzelt mit sinen lütten Start
dichting in datt klene Loch, datt he sich an den Bargpurth
makt herr, so datt be Voß datt Loch nich sehn kunn, un
aß hei so wiet waß, datt hei noch man mit sinen lütten
Kopp int Voßloch wier, sprok hei ganz schwinning: „Abjes
Voß!" un burrte bohn ut datt Bargloch davon in be wiede
wiede Welt, wo hei denn be ganze Geschicht von Hähnken
un Höhnken ehr Reis' na Rom verraden un werrä ver=
tällt hätt.

· Ditt Dörplöschen hätt mi min oll Grotmöhming ver=
tällt, aß ick noch en Kind waß.

G. Muhrbeck: Rüganä Dörpgeschichten. Vgl. Blätter für
Pom. Bde. II S. 122.

214.

Aß Johnas in'n Heiditschen*) west waß.

Ick, sär Johnas to be Buren, aß se em frögen, of hei
nich 'ne Geschicht wüßt, häw väl Reisen mit minen gnädigen
Herrn makt, un boa sind wi Dags mal an en grot Watä
kam'n. Datt waß en grot Prosumpel un sihr mobbrig,
datt wi gar nich boa börch kam'n künn'. Ick wullt äwä
boch versöken, of man denn ken' Stell finn'n künn, wo man
börchführ'n künn, un ick lep bett an be Mag in datt schlam=
mige Watä. Doa schoot mi mit en Mal en Diert upp
batt Lief, batt sach grab' so ut aß en lebenbig Heiditschen,
waß äwä mächtig väl' Ell'n lang un herr upp'n Kopp,

_____
*) Elbechse.

Rüggen nu Schwanz sonn dickes Plaster, datt man boa nich börchscheeten kunn. Ick kunn mi vör datt Diert gar nich war'n, un eh' ick't mi versach, spaart datt Heibitschen sin grotet Muhl upp, schnappt to, un ick satt nu in be Mag von batt Heibitschen.

Doa bacht ick, bacht ick denn so bi mi: „Watt schall batt hier nu war'n? Watt batt Diert bi nich werrä ut= spieg'n? Datt kann bi boch nich bi sich behall'n." Ämä batt Heibitschen makt' kene Anstalt, mi uttospieg'n. Ick makt mi en Piep an un bacht: „Datt Diert watt batt Rohken nich verbrag'n känen." Ick makt mi be twete Piep an; ämä — nich rühr an! Datt Heibitschen wull mi nich wärrä von sich gäw'n. Doa wurr mi denn boch na grab' bang, un ick füng an, batt Diert so'n lütt beten mit min'n Hirsch= fängä to ketteln. Datt Heibitschen sung babi woll an, een lütt beten so spartelln, ämä von batt Utspiegen watt gar nich be Reb. „Nu", bacht ick denn, „iß batt so gemehnt, kann ick mi nich annest helpen, aß batt ick batt Heibitschen ben Buhk upschnieb un mi en Loch barbörch mak, wobörch ick krupen künnn.

So ick bacht, so ick beer. Denn batt Beest kunn mi ja innwenbig nir bohn. Et spartelt twars sihr, ämä baran kiert ick mi nich, un aß ick ut batt Loch krop, batt ick int Heibitschen sinen Buhk mit minen Hirschfängä schnäben herr, watt batt Diert bobt, mauf' bobt.

Ämä wo watt nu min Herr blewen? De Herr twars be ganz Geschicht mit ansehn un bacht ohk, batt Heibitschen würr mi werrä utspiegen; em watt ämä ok be Tieb to lang wor'n, un hei watt torülopen, von wo wi kam'n wir'n, um Hülp to halen. Aß ick nu ohk torülopen wull, kamm hei mi schonstens in be Möth, un nu watt be Freub grot, aß wi uns werrä sehgen. — Datt Beest, vertällt Johnas wierä, herr mi äwä boch batt en Finstä*) mit sine scharpen Thän läbirt, un batt waß mi mit be Tib utlopen. Aß ick nu to minen oll'n Fründ, ben Glasä P. in Griepswolb, kamm, dacht ick, be süll mi bat Ohg werrä t'recht maken. Hei stünn grab bi sin Fru un schreg: „Datt iß boch äwäbräb'n!" un tog sin Fru P'lipen ut be Näs' mit'n Zirkel. Aß hei mi sach, rep hei mi to: „Oll' Jung, bi iß ja batt en Finstä intwei; kumm her, ick will bi ent werrä insett'n." Un batt beer hei fursten**), un Ji seht upp Stägs, watt hei boato vör klares Glas nahmen hätt. Ick kann nu werrä so rar sehn, aß toirst, aß mi batt Heibitschen noch nich herr uppschnappt.

De oll'n Buren hägten sich äwä bees Geschicht so, batt se enen Schnapps mihr aß süß in b' Krog brunken un ganz molum to Hus kemen.

G. Muhrbeck: Rüganä Dörpgeschichten.

_____

*) Fenster, scherzhaft für Auge. **) Sofort.

XXII

Anhang.

— —

Der Herthadienst auf Rügen.

Die Sage von der Hertha auf Rügen ist keine ursprüng=
liche, sondern hat sich erst in verhältnismäßig neuer Zeit
dort eingebürgert.

Kanzow, der sonst eine genaue Bekanntschaft mit den
Verhältnissen der Insel zeigt, weiß nichts von der Hertha.
Paul Lemke, ein geborener Rügianer, welcher i. J. 1597
seine laudes Rugiae herausgab (im Auszuge mitgeteilt von
Lappe: Mitgabe nach Rügen S. 93 ff.), berichtet mit keinem
Worte von der Hertha. Eilhard Lubinus, welcher im An=
fang des XVII. Jahrhunderts ganz Pommern zum Zweck
der Landesaufnahme und Herstellung der großen Karte von
Pommern bereiste, kennt die Hertha noch nicht, obwohl er
den „Borgwall" bei Stubbenkammer (die heutige „Hertha=
burg") anführt.

Der erste, welcher die Hertha auf Rügen lokalisirt, ist
Philipp Klüver (in seinem Werke: Germania antiqua Leyden
1616 P. III S. 107; die betreffende Stelle ist abgedruckt bei
Fabricius U. B. I S. 141 f.). Die Geschichte von der „Hertha"
beruht bekanntlich auf einer verderbten Stelle des Tacitus

(Germania cp. 40), welcher von der Nerthus b. i. der Mutter Erde berichtet, sie werde in insula oceani in einem castum nemus verehrt und habe nach ihrem Umzuge durch das Land in einem secretus lacus. Diese Lokalitäten glaubte Klüver in dem bei Stubbenkammer gelegenen wendischen „Borg= wall" und dem unmittelbar daranstoßenden „Borgsee" oder „Schwarzen See" entdeckt zu haben und verlegte die „Hertha" — so las er für das Taciteische Nerthus — nach Rügen.

Der Meinung Klüvers folgten dann Micrälius und andere, und so hat sich diese Anschauung in immer weitere Kreise verbreitet; heutigen Tages ist die Sage von der Hertha auf Rügen vollständig populär. Der um die Wende dieses Jahrhunderts beginnende Zuzug von Fremden nach der Insel hat gewiß nicht wenig zur Befestigung der Sage im Volks= bewußtsein beigetragen.

Für den modernen Charakter der Sage spricht vor allem auch der Umstand, daß die Namen „Herthaburg" und „Hertha= see" für die älteren Namen „Borgwall" und „Borgsee" erst seit ca. 90 Jahren aufgekommen sind. Grümbke kennt in seinen „Streifzügen durch das Rügenland", herausgegeben 1805, und in seinen „Darstellungen von der Insel Rügen", herausgegeben 1819, zwar schon den Namen „Herthaburg" neben dem g e w ö h n l i c h e n „Borgwall" (S. 166 und II S. 209 ff.), für den See jedoch nur die Bezeichnung: „Borgsee", auch „der schwarze See" genannt (S. 169 und . I S. 70 f.). Jetzt aber sind die alten Namen gänzlich ver= schwunden.

Die vorstehende Auseinandersetzung stützt sich auf Barthold: Geschichte von Rügen und Pommern I S. 109 ff.

Als eine Merkwürdigkeit ist noch anzuführen, daß sich die Herthasage in der Gegend von Zwickau wiederfindet;

hier wird die Göttin allerdings nicht „Hertha", sondern „Herba" genannt. Die in Betracht kommenden Sagen lauten nach J. Köhler: Volksbrauch, Aberglaube, Sagen u. s. w. im Voigtlande S. 447, wie folgt.

Nr. 5. Das Herbabild bei Zwickau. Nach der Sage soll das Bild der Herba von Rügen in die Zwickauer Gegend gebracht worden sein. In dem Schwanenteiche wusch man den Wagen der Göttin, und es soll sich ihr Dienst daselbst noch lange erhalten haben.

Nr. 6. Am westlichen Ende des Dorfes Marianei ist ein herrschaftliches Grundstück, die Herth genannt. Hier soll früher die heidnische Göttin Herba verehrt worden sein.

Nr. 7. Bei Leumnitz liegt ein Stein, der Ölgötze genannt. Derselbe wird von den Umwohnenden für einen alten Opferstein gehalten, auf dem der Herba geopfert wurde, und man sieht noch auf seiner Oberfläche Furchen, welche zum Ablaufen des Blutes bestimmt gewesen sind.

Über die am Jordansee auf der Insel Wollin lokalisirte Hertha vgl. Blätter für Pom. Volkskunde II S. 147 f.

Ein Herthasee wird auch in Knoops Volkssagen aus dem östlichen Hinterpommern (S. 10) genannt; vgl. Blätter für Pom. Vlkde. III S. 39.

Ortsregister.

www.ingramcontent.com/pod-product-compliance
Lightning Source LLC
Chambersburg PA
CBHW020058030726
47498CB00006B/1849